如果城市需要妳，就一定會再帶妳回來

いつか、運命が必ずあなたをこの街に連れ戻す

迷霧城市之搖籃傳說

紀維芳

培育
文化

奇幻魔法 27

迷霧城市之搖籃傳說

作者　紀維芳
責任編輯　林秀如
美術編輯　林鈺恆
封面設計　青姚

出版者　培育文化事業有限公司
信箱　yungjiuh@ms45.hinet.net
地址　新北市汐止區大同路3段194號9樓之1
電話　（02）8647-3663
傳真　（02）8674-3660
劃撥帳號　18669219
CVS代理　美璟文化有限公司
TEL／(02)27239968
FAX／(02)27239668

總經銷：永續圖書有限公司

法律顧問　方圓法律事務所　涂成樞律師
出版日期　2019年7月

國家圖書館出版品預行編目資料

迷霧城市之搖籃傳說 / 紀維芳著. -- 初版.
-- 新北市 : 培育文化, 民108.07
面 ;　公分. -- (奇幻魔法 ; 27)
ISBN 978-986-97393-7-5(平裝)

863.59　　108009322

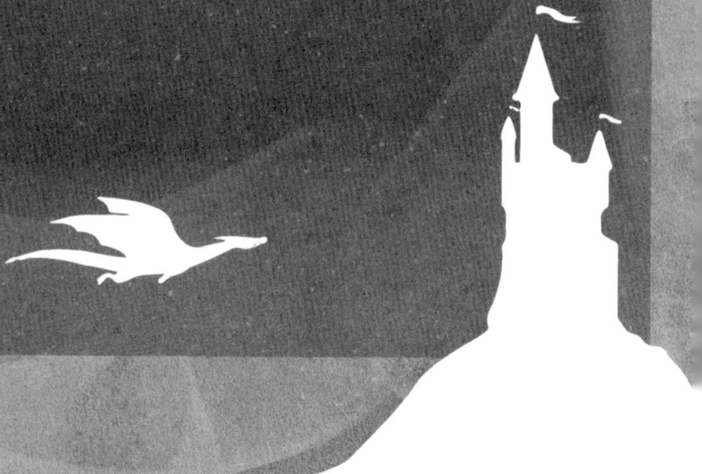

前言

對於世界與人類的起源有很多不同版本的傳說，其中一種就是世界來自於盤古開天闢地，盤古死後身體的每個器官跟部位都變成世界的一部分，爾後人首蛇身的伏羲與女媧結婚後生兒育女，成為人類的始祖。

伏羲依據天地之間的陰陽變化之理，創造並製成「八卦」——八種簡單卻寓意深刻的符號，用來概括天地之間的萬事萬物，後又稱八卦伏羲。

父傳子、子傳孫，人界逐漸穩定之後，天庭也相對成形。在天庭裡，掌管天地人間的守護神獸—貔休為了鞏固世界和平，依循八卦之理派遣四方守護神下凡人間，代替自己坐鎮震離兌坎四正、輪替春夏秋冬四季、維繫木火金水土五行、渲染青赤白黑黃五色、職掌東西南北中五方。

其中東方為青龍、西方為白虎、南方為朱雀、北方為玄武。而一同與四方四神領命的還有伏羲女媧的第一子嗣 所建立的丹契王朝，其代表方位為中，

「青龍、白虎、朱雀、玄武，汝等聽令吾命，令丹契王朝與世界永保和平。」天庭貔休為使四方四神能與丹契王朝相輔相成，命其將護身令牌交與王朝皇帝，當王朝面臨危機時，只要組合這四個護身令牌再加上代表「中方」的祕寶，就能阻擋

一切惡源、萬世千秋。

「臣等領旨。」四方四神領命之後，從天庭下凡到東西南北，空中射出四道光芒落向四方，同時丹契王朝也收到四塊拼圖，那即是守護神的護身令牌。

「丹契王朝子嗣聽命，第一任為王者遵循青龍祭司之命；為后者擔負朱雀祭司之運；僅有單傳子嗣為白虎祭司之責；子嗣之后背負玄武祭司之任。依序流傳，以正血脈。」

「臣等尊旨。」伏羲與女媧之子接過天庭貔休之令後，隨即收起四方護身令牌，運轉朝代。

長久以來四風守護神各司其職維繫著丹契王朝的平衡，縱使一直有紛爭的青龍與朱雀也一直被王朝護身令牌與天庭貔休的祭司規則所牽制，維持了幾千年的和平與安定。沒想到卻在幾千年後，王朝第一次迎來滅城之災。

♟

「殺啊——衝啊——」宮外烽火連天、人民苦不堪言、民不聊生，許多百姓都為此而喪命。

長著犄角、身高龐大、張牙舞爪的惡魔，只要一個手臂揮下，一排士兵就接連被打飛，哀嚎聲此起彼落。

「與吾等為敵者，一律殲滅。」朱紅色的長髮、血紅色的瞳孔，女子身上一襲甲冑燃燒時顯露出鮮豔濃郁的紅色，彷彿一團火球般穿過廝殺的士兵們。

矯捷的身手、冰冷的眼神、充滿怨氣的靈魂附著在女戰士身上。

她受到某個強大之力的保護，王朝的法師已經感應到那道保護她的光環，也許那祕密守護神和她強烈的復仇意志有某種關聯。

顯現出邪惡雀鳥盔甲的護身符，散發著女戰士的尚武好鬥氣場，若非親眼所見，還不敢相信這樣的女子居然有被惡魔附身的影子。

「陛下，宮外大城門已被攻破，請與皇后娘娘盡速逃難吧！」品禎公主派來的將士臉上、鎧甲上都沾滿了鮮血，眼神盡是流露出惶恐與不安。

「朕怎能放下公主，獨自逃命呢？全部堅守崗位，一定要守住最後一道城門。」丹契皇帝換上戰袍，準備到前線支援女兒。

「陛下，此行恐怕凶多吉少，望君平安珍重。」皇后替皇帝戴上黃金頭盔，她知道報應來了。

「皇后，我們遵循歷代祖先與天庭貔休的教悔，世代輪轉四方守護祭司的職責，如今時機已成熟，當初將其交與南方時就已經設想到現今會發生此事，此行也是讓朕會一會她，該還的還是要還。」丹契皇帝給了皇后一個深情的擁抱，此一訣別也許此生無法再相見。

「你們的責任就是保護好皇后，護送她到安全的地方。」皇帝交代了僅存的幾名將士，轉身離開。

落在身後的披風，隨著皇帝行走時的氣流上下規則的舞動著，伴隨黃金盔甲的沉重步伐聲漸行漸遠。

「吾皇萬世千秋，玄武北神哪，求您保佑您的祭司能凱旋而歸。」皇后臉龐滑過兩行淚水，雙手摀著嘴，此時的心情萬分複雜。

「皇后娘娘，我們也快點撤離吧！」將士上前向皇后鞠躬後說。

「你們走吧，雖然不戰而逃乃為懦夫之行為，但惡魔大軍此舉必然全無生還機會，只要被惡魔軍對上眼的人，一律不留活口，我不想再有更多戰士犧牲，這是我和皇帝所種下的因果，自然要我們來承擔，你們快離開吧！」皇后的眼神流露出悲傷，盡是自責、失望又懊悔。

「臣等怎能捨棄一國之后自己逃命呢？這豈對得起我丹契王朝皇帝之令！皇后娘娘，請盡速與臣等離開這裡吧！我們的責任就是要保護您的安危呀！」將士驚訝的看著眼前的皇后，不敢相信皇後居然要捨性命讓將士們活下去。

「快走吧！堅固的城門已經被攻破了，皇帝與公主此行也是凶多吉少，不要再有更多無謂的犧牲，感謝你們效忠皇朝，但我已決定要誓死保衛我的國家，身為白虎祭司，我還能……」

「碰！碰！碰！嘣——」

皇后話還沒說完，大殿的門就被炸碎了。眼前出現一隻身高五尺的惡魔怪物，牠全身黑如炭並散發出如同柏油溶化的臭味和餿水般的腐臭味、頭上長著兩個鮮紅的犄角、暴口的獠牙沾滿血跡與口水、四肢都是鮮血的尖甲又長又尖銳，當牠看見皇后與將士們的時候，眼睛瞬間發紅。

「只要活物，一律不留生命。」牠的腦中被植入這道命令，發紅的眼睛如同紅外線一樣偵測著眼前的人類。

「吼——」惡魔怪物低吼著然後緩緩舉起左手。

「保護皇后！」將士們舉起長矛，準備抗戰。

「不行！你們快逃！」皇后話音剛落下，只見惡魔怪物的左手往右邊方向一揮。

「轟——喘、喘、喘、喘、喘——」

強大的作用力產生巨大的旋風，身穿鎧甲的將士們一手拿著長矛一手擋在額頭前避風，靠近門口的將士就在那眨眼瞬間直接蒸發，大殿多處爆炸變成一片火海。

「不、不見了？」風定之後，後排的將士看到自己的戰友連屍體都沒留下就直接消失，頓時不安與恐懼大增，不敢相信眼前的怪物居然如此強大，僅此輕輕一揮就殲滅了前線的大部分將士，這讓他們雙腳不聽使喚無法往前也無法撤退。

「你們快逃啊！」皇后大喊。

惡魔怪物大吼一聲，抓起其中一名將士就往嘴裡送，其餘將士此時才終於回過神來。

「不行，根本沒有勝算，面對這樣的怪物，外面還有好幾百隻嗎？別開玩笑了……」將士們此時才明白皇后叫他們快逃的用意。

但收到命令的惡魔怪物是絕對服從的，牠再一次舉起右手又是輕輕一揮，反應不及的將士就這樣一一喪命於怪物手上。

皇后看著留下來守著她的將士們無一倖免，她決定要尋求白虎之力協助。

「西秋之白虎啊，您的祭司願獻上一切代價，求您協助白虎祭司解開咒語，縱使無法拯救我與夫君之命，也請您讓他們平安無事。」皇后扯下胸口前的項鍊，口中喃喃念著符文，項鍊緩緩發出淡淡的白光，爾後光芒越來越強。

惡魔怪物屬暗陰，面對如此強眼的光芒牠緩和了自己的腳步跟行動，彷彿被石化一般。

皇后的白光越來越強、越來越強，強到已經無法用眼睛直視眼前的光。

「吼——」白光中出現一隻巨大的白虎，那體型大到足以與惡魔怪物相匹。

「召喚吾者是妳嗎？吾之祭司。」白虎直眼的看著皇后，輕柔的呼喚她。

「白虎祭司參見西方之神，別來無恙。」皇后應聲跪下。

「經歷過幾千年來，吾之祭司們從未啟用過白虎之力，此力量何等強大、又者妳需要付出多大的代價，這些都清楚嗎？」白虎不疾不徐的說著。

「是。」皇后堅定的語氣沒有任何一絲畏懼，連想都沒想就直接回答。

「一切起源於東方與南方的矛盾，借助西方之力而產生的犧牲，妳無怨無悔嗎？」白虎再次問話。

「白虎祭司為了血脈、為了王室一族的平安，願意借助西方之力平定戰亂。」皇后的語氣找不到任何疑慮，她有身為妻子的堅定、身為母親的責任、身為一國之后的職責。

「好，既然妳心意已決，白虎之力會替妳守護並實現內心最深層的願望。」白虎說完發出刺眼的白光，散落在大廳四周——皇后就這樣消失了。

♟

宮外傳來的求救聲、武器碰撞的鏘鏘聲、惡魔大君的嘶吼聲此起彼落。

「品禎！」丹契皇帝大喊一聲，將手上的長矛射向撲往公主的惡魔。

「父皇！您怎麼來了？母后呢？」品禎公主轉身拔出已無生命氣息的惡魔身上的長矛，將其交給來到自己身邊的丹契皇帝。

「朕讓將士們帶著妳母后去避難了，朕實在不放心妳一個人要面對龐大的惡魔軍隊，便前來支援了。」丹契皇帝接過公主守上的長矛，順手給了從後方攻擊的惡魔一個漂亮的轉身回擊。

「兒臣無用，還勞煩父皇前來支援。」一襲合身的青龍鎧甲，淺綠色俐落的短髮露出頭盔之外，青綠色的瞳孔閃過一絲擔憂。

「無用之說從何而起？從孩提時期妳就是東方春之青龍的祭司，慈愛的龍神會保佑我的女兒平安。」丹契皇帝拍了拍公主的肩說。

「女兒將會付出畢生精力保衛國家，預防邪惡之力入侵，此行也許凶多吉少，但女兒一定會奮戰到最後。」公主與她的母親一樣，說出來的語氣總是輕柔卻堅定。

「品禎，謝謝妳來當我的女兒。」丹契皇帝給公主一個擁抱之後，提起長矛往另個方向去了。

「若此行真的讓我們天人永隔，希望妳來世還能成為朕的孩子，與朕及皇后共享天倫之樂。」丹契皇帝默默的在心裡許下來世再見之約。

「父皇，謝謝您成為兒臣的父親。」品禎公主眼角濕潤，雖然很想正面告訴自己此場戰爭無疑是王朝的勝利，但內心的隱憂卻成為最實際的感受，也許她與父親真的是最後一面了。

「父皇，若此行真的讓我們天人永隔，兒臣願來世再成為您的孩子，以盡今生未完之孝道。」就像父女之間的心電感應一般，丹契皇帝的渴望確確實實的傳到品禎公主的內心。

但是無論公主與皇帝再怎麼驍勇善戰，王朝派出去的將士一個一個喪命於惡魔大軍的惡爪之下。

雖然努力奮戰的公主消滅了很多惡魔怪物，也以一擋百的救下很多差點喪命的將士與國人，但公主畢竟還是血肉之軀，慢慢的她感受到能量已經消耗許多，連舉起手上的青龍偃月刀都十分吃力。

「不行，現在倒下還太早，我要保衛王朝……」用刀劍撐著自己的身子，一顆顆斗大的汗水從額頭上滴落，從鬢角滑落的汗水將品禎公主的髮絲黏在臉龐上。

「全都去死吧！這是丹契王朝欠我的。」正當品禎公主稍微喘氣的時候，背後傳來與她有共同頻率的聲音。

「鏗鏘！」反應快的她用盡自己最後一點力氣拔出插在地上的青龍偃月刀，往身後一轉，抵擋了來自眼前惡魔將士的攻擊。

「妳……」面對眼前所見，品禎公主感到十分驚訝。

「哼，廢話少說，都是妳！一切都是妳害的，如果妳消失的話……」舉起手中的丈八蛇矛，惡魔將士如同有著源源不絕的力量一般，打得品禎公主節節敗退。

「圍攻期間，我曾接獲探子回報，說是惡魔軍之將軍騎乘飛馬從天而降！臉部被刀槍不入之頭盔覆蓋。我知道妳是品璇，但究竟是何種力量讓妳這樣奉獻性命，讓自己如惡魔一般飛翔？」品禎公主接過眼前女子落下的攻擊。

「多話。」但眼前被稱為品璇的女子萬萬不想與品禎公主對談，迅速舉起丈八蛇矛，又是一次重重的劈下攻擊。

「我無從得知妳為何事憎恨，是妳甦醒之時，我才得知妳存在於世！滅城起因究竟何在？如果真與我為同一血脈，就應該以百姓為優先考量才是，難道妳被黑暗的力量蒙蔽了嗎？」品禎一如慈愛的龍神般，不停的勸說想讓對方停下動作、結束征戰。

「我的復仇乃正義之舉，以我的意志為憑！妳等安能聽信區區水蛇之言，誣陷我與黑暗勢力勾結？妳才是邪神之故，出賣了我！」品璇足以吞噬一切的憤怒爆發了，她停下攻擊的動作，卻以更炙熱的火焰包覆全身。

灼熱的火焰變成一個用緋紅羽毛裝飾的邪惡面具，這是硃砂頭盔，朱雀女祭司的皇冠！

等整隻朱雀形成後，品璇自身的能力跟速度也跟著提升，她帶著丈八蛇矛，以眨眼的功夫就來到品禎面前用力的落下。

而受過青龍訓練的品禎自然也不是省油的燈，硬生生地接下那股重擊，雙腳瞬間踏破地面。

青龍偃月刀和丈八蛇矛碰撞過幾次後，連自身的速度也不停的在提升，只有在武器碰撞的時候摩擦出白色的光才能看到移動速度之快的兩人蹤跡，兩人誰都不讓誰。

而往另一方趕去的丹契皇帝看著生命一條一條消逝，又想到自己的女兒正在努力的抵禦外敵，年紀漸長的他確實體力也不如從前。

「再這樣下去一定會戰敗，公主跟皇后都會有危險。」斬掉上百隻的惡魔怪物之後，丹契皇帝心一橫，他決定使用歷代祖先傳下來的最後一項武器。

他將隨身攜帶的七寶刀拿出，將鑲在底端的紅寶石翹出後高舉過頭。

「青龍、白虎、朱雀、玄武，吾等需要汝等幫助，丹契王朝繼承者令汝等盡速現身。」漂浮在空中的紅寶石裂出一道痕，天空中出現了四道光芒，接著四道光合在一起，紅寶石完全裂開，空中出現四張四色令牌。

但是，風起風落，空中並沒有出現四方四神的蹤影。

「為什麼？吾等需要四方四神相助，汝等究竟在哪？」丹契皇帝高舉世代相傳的四風護身令牌，但卻召令不出天庭貔休要他們互助的守護神。

「難道……就因為是彼此挑釁，所以護身符失效了嗎？」丹契皇帝看著手上的四風令牌，但又忽然之間像想起什麼一樣。

「如果四方守護神失靈了，那我也只剩這個治標不治本的辦法，但至少能延後衝突的時間，也許某一天我們的後代子孫會再回來……不……就算不依賴後代子孫，我也不能讓他們失去生命，縱使他們都石化後進入永遠的沉睡，也總有一點點機會可以打破僵局。」

丹契皇帝將四風令牌放在地上，然後拿起七寶刀劃過自己的手指，鮮紅的血染紅了寶刀邊緣，滴落在四張令牌上面。

「令此狂亂之景停歇！」爾後舉起令牌，喊出自己最深沉的期盼。

剎那之間，四塊令牌如同拼圖般合併，並散發出刺眼的彩虹光芒。

丹契皇帝拿著令牌的手瞬間被風流包圍，那風尖刺如同刀割一樣在丹契皇帝的手部鎧甲上留下一道又一道的刮痕，若不是有鎧甲保護，恐怕皇帝的手早已血肉模糊。

接著四張令牌飛往四個方位，丹契皇帝的血肉變成翡翠，一股強力的震波以丹契皇帝為中心，往整個王朝散去，宮內外所有生命與建築都瞬間石化。

無論是在宮外抵禦外敵的將士、拔腿奔跑逃命的居民、誓死捍衛國家但陷入苦戰的公主，或是發動石化咒語的丹契皇帝，無一倖免，全部變成石頭，靜靜的矗立在自己的位置上。

接著一陣颶風襲來將整個王朝連根拔起，帶入時間潮流的縫隙中，沒有目的的漂流著。

迷霧城市之搖籃傳說

第一章：英倫紳士

「妳到底又在發什麼神經？」褐色的短髮展現出自己俐落的氣質，莉狄亞手插著腰看著眼前跟自己有著一模一樣臉孔，但個性卻完全不同的雙胞胎妹妹——娜塔莎。

「關妳什麼事？」拿起隨身筆記型電腦，娜塔莎坐在沙發上開始敲著鍵盤。

「關我什麼事？拜託，我也不想管妳好嗎！要不是媽媽離世前……」

「少拿媽媽來壓我，妳可以顧好自己就好嗎？」亮黃的金色捲髮覆蓋著一張白皙姣好的臉龐，但臉上卻不怎麼愉悅的娜塔莎推了推黑框眼鏡，瞪了莉狄亞一眼。

「娜塔莎，我知道妳壓力很大，但是這樣下去是不能解決問題的！」莉狄亞緩了緩自己的語氣說。

「能不能解決問題我自己會看著辦。」依然不想溝通的娜塔莎語氣充滿不屑。

「為什麼妳從小就要這麼任性、這麼好強又這麼倔強？承認自己錯誤很困難嗎？」莉狄亞知道自己情緒快控制不住了。

「對！我就是任性、就是倔強、就是好強，但是沒有錯為什麼我要道歉要承認？如果沒有妳的存在……我一個人也是可以好好的啊！」

「妳、妳這是對姊姊說話的態度嗎？妳看看自己說的是什麼話。」

「我說人話，只有禽獸才聽不懂，所以妳聽得懂嗎？」把黑框眼鏡從臉上拿下來，娜塔莎的情緒也來到最高點。

第一章：英倫紳士

看到娜塔莎拐著彎罵自己，莉狄亞的情緒終於克制不住衝破臨界點了。

「給我出去！」莉狄亞拿起沙發上的實心抱枕就往娜塔莎身上丟去，但不偏不倚卻剛好打在娜塔莎的筆電上，整台筆電飛出去撞到牆上，零件也四散各地。

「莉狄亞史派洛！」先是傻眼的娜塔莎看著重摔的筆電，終於斷了最後一條理智線，站起身來衝過去就是揪著莉狄亞的頭髮。

「呀——妳幹嘛？還不放手！」短髮的莉狄亞也不甘示弱的拉扯了娜塔莎的亮黃色長髮。

「妳最好賠我一台新的筆電，不然我絕對跟妳沒完沒了。」

「整天看著那台破筆電，妳覺得妳會比較有出息嗎？」

「至少我從分部調回本部，就是上司對我的器重，而且妳好意思說我？妳自己說妳幾年沒有升職了？我看妳才是那個沒出息的人吧！」

「我已經成為行銷總監，是總部裡面除了他們自家人之外，最大最高的職位，不懂就不要在那裡裝懂好嗎！」

兩人依然互不相讓，誰也不讓誰的扯著彼此的頭髮。

「真的很希望我跟妳是來自不同的家庭。」爾後失去力氣的娜塔莎一個癱軟的倒在沙發上，眼神帶著憤怒。

「妳以為我就想跟妳同本同根嗎？」莉狄亞坐在亂成一團的客廳地毯上，頭上的髮絲已經全都糾纏在一起。

這下兩個人又要花錢跟時間去美容美髮院保養了。

「我有時候覺得妳不是我的親姊姊，縱使在記憶中我從小就跟妳相依為命！」娜塔莎氣憤的說。

「所以媽媽才交代我要多照顧妳！」

「我不想聽了，反正我早就厭倦了這個家，你們都虛偽！」

娜塔莎說完便奪門而出，一個人披頭散髮的走在路上。她的淚水快速的滑過臉頰，彷彿承載了所有的悲傷與重力一樣。

而被甩門的莉狄亞一如往常的把客廳一一收拾乾淨，她總是這樣扮演著一個好姐姐的角色，給盡妹妹一切的包容，然後把妹妹的筆電跟四散的零件撿起來後放在客廳的茶几上。

「看樣子又要花錢買一台了，如果現在是在那邊的話，直接叫他修理就可以了……嘖，真是費事。」整理了一下自己的頭髮，莉狄亞坐在沙發上看著老舊的筆電皺著眉頭。

「難道時間過太久，小丫頭的記憶開始恢復了嗎？我待在這裡太久，導致能力都退步了……這樣下去可不行……要不是得還債，我哪還需要看那小丫頭的臉色？」咬著大拇指的指甲，莉狄亞擔心的自言自語著。

同時漫無目的在街上走著的娜塔莎一個人沉浸在悲傷裡，她多希望全世界能有個地方可以融的下她，而那個地方沒有莉狄亞。

「鈴——鈴——鈴——」

「咳咳，喂，你好，我是娜塔莎。」上天沒有給她太多難過的時間，口袋裡的手機震動了好久，她拍了拍臉頰、清了清喉嚨，然後接起了電話。

「娜塔莎，我是總經理，妳現在方便說話嗎？」電話那頭傳來一個很沉穩的聲音。

「是，總經理您請說。」這已經不是第一次接到總經理的電話了，但娜塔莎依然沒有失去標準的官腔回答。

「對不起，打擾妳休假，但現在事出緊急，我剛才收到消息說是英國分部突然需要支援，妳可以過去幫忙支援一趟嗎？」總經理問。

「請問發生什麼事了？」娜塔莎把自己還落在負面的思緒拉了回來，身為工作狂的她，是不容許個人情緒影響工作的。更何況她要證明給所有人看，就算沒有家庭的溫暖與支持，她還是可以靠著自己一步一步走到這裡，尤其是已經在天上的媽媽，還有那個與自己同個模子印出來的姊姊。

「本部的ＱＳＣ系統發生錯亂，導致很多報告都被鎖住了，加上飆境股份有限公司的總裁這幾天就立刻要成品報告，如果沒有如期交予，我們會失去這個大客戶啊！」總經理緊張的說。

「QSC系統錯亂？是不是有人去設定到不該設定的程式？」娜塔莎第一時間專業的分析道。

「這個要麻煩妳去幫我查看了，在分部待了五年，三年前調回本部，目前本部除了妳之外沒有人知道分部的QSC該怎麼運作，我跟公司的高層目前都已經在夏威夷參加高峰會議，只能仰賴妳了。」總經理的口氣裡，聽出他對娜塔莎的信賴還有對目前狀況的無力感。

「我知道了，什麼時候出發呢？」

「事不宜遲，三十分鐘後的火車，妳簡單的收拾一下行李，有需要什麼就到英國再買吧！會全部幫妳實報實銷。」看樣子總經理對這次的QSC系統感到十分重視，又應該說比起系統，他可不能讓在全球十大企業裡排行第六的飆境公司跟自己解約啊！畢竟這個合約如果簽成，除了小兵立大功之外，還可以把自己的公司在全球企業排行裡，一次推上好幾個名次。

「三十分鐘？這麼匆忙啊！」娜塔莎沒想到自己只有這麼短的時間可以準備。

「我會派司機去接妳，順便把分部這幾年的營運資料都給妳，娜塔莎，妳可是我萬中選一的良將，千萬要打場漂亮的仗回來啊！」總經理一聽到娜塔莎同意前往之後，終於放下心中的大石。

「是，我會努力不讓總經理失望的。」娜塔莎語帶自信的說。

事實上這場仗她一定能夠凱旋而歸，因為幫公司寫出ＱＳＣ程式並使其大賣的就是娜塔莎。

「好！三十分鐘後在妳家樓下跟司機碰面。」

「我家樓下？不不不，沒關係，我可以自己去車站。」開什麼玩笑？娜塔莎現在根本不想回到那個家，更別說收拾行李了。既然總經理決定要幫自己實報實銷，那當然是一身輕的前往最恰當。

「妳現在不在家嗎？」

「嗯，我現在回家就要花三十分鐘，不如我搭計程車到車站吧！然後請司機跟我在車站碰面。」

「好吧！我知道了，那一切就拜託妳了呀！」

剛掛上電話，娜塔莎飛快的跑到好友——艾克所經營的小型百貨店。

「嗨！艾克，我等等要去出差，沒空回家拿東西了，你這裡有沒有行李箱可以借我？」娜塔莎看著坐在椅子上打電動的好友，一邊環顧店裡一邊說。

「旁邊有一個藍色的登機箱，雖然有點舊但還可以用，不嫌棄就拿去。」肩上掛著一副大型的耳機，留有一頭灰色的短髮，聲音十分細膩，外型像個男孩子，但卻是個不折不扣的女孩，她就是娜塔莎最好的朋友——艾克。

畢竟這已經不是第一次娜塔莎跑來向她求救，之前也因為跟莉狄亞大吵一次跑來這裡借住了三個月，之後在她跟莉狄亞一起對娜塔莎好說歹說、東勸西勸之後，娜塔莎才板著臉回家。

「哇！妳這裡是百貨店還是古董店啊？這麼舊的行李箱妳也留著？」娜塔莎驚訝的看著眼前的行李箱說。

「不要就算了。」依然沒有把視線從電動上離開，艾克悠悠的說。

「那我順便要拿一些日常生活用品喔！」打開行李箱，娜塔莎開始搬架上的東西。

凡舉女孩子需要的任何物品，她都全部搬進行李箱。

「欸欸欸，妳會不會搬太多了啊？」抱怨歸抱怨，但語氣依然是漫不經心。

「反正經理說要幫我實報實銷，等我出差完回來就請妳吃飯啊！」就像在走自己家的後花園一樣，娜塔莎心滿意足的蓋上行李箱，打個招呼之後揚長而去。

「這女人……得快點幫她找個男人才行了……」瞇著眼望向娜塔莎離開的方向，艾克嘴角揚起一絲詭異的笑容。

♟

離開艾克的店之後，娜塔莎立刻攔下一台計程車前往火車站。

在抵達的時候，總經理的司機早已在那裡恭候多時了。

「娜塔莎要員，這是總經理請我交給您的文件與車票。」司機有禮的遞過一個牛皮紙袋。

「資料都在這裡了吧？」娜塔莎看了一眼紙袋裡那疊厚厚的資料，再瞥一眼火車票。

車次一九五八，七分鐘之後發車，目的地是倫敦。

「這次的資料準備的有點厚，要麻煩您在車上耐心閱讀了。」司機轉述著總經理的話說。

「好的，那我去搭車了，辛苦你了。」娜塔莎向司機點點頭後，拿著火車票與文件、拉著行李箱，前往第四月台等車。

汽笛響起，窗外風景隨著火車快速行駛而飛逝，九個小時的車程不算太長但也不短，在車上她不停地看著總經理轉交的報告，希望自己等等可以更快的進入狀況。

此時，一位打扮得宜的紳士走了過來並坐在娜塔莎的面前。

「請問這位美麗的小姐要到哪裡去呢？」紳士欲跟娜塔莎攀談卻刻意壓低帽緣。

「倫敦，出差。」娜塔莎不經意的瞥了眼前的紳士一眼，鑲著金牙的詭譎笑容出現在帽緣之下。

「天氣很冷，來一杯紅酒暖暖身吧！」紳士叫住了經過身旁的列車服務生，點了一杯紅酒給娜塔莎，自己則要了一杯白酒。

「不好意思，我在工作中，謝謝你邀請我品酒的好意，但我現在確實沒有心情。」擺出高傲的姿態，娜塔莎謝絕了眼前紳士的邀約。

這種狀況已經見怪不怪了，姣好的面容與身材配上強大的磁場，任何男人只要看一眼娜塔莎，十有八九都會為她傾倒。

雖然看不清眼前紳士的樣貌，但他從帽緣底下露出的笑容可是讓娜塔莎看得一清二楚，尤其是那顆鑲了黃金的金牙。

「此趟是要到倫敦出差嗎？」紳士問。

「是啊！我剛剛已經說過了，不需要再確認吧？」娜塔莎沒好氣的繼續翻著報表。

「感覺小姐妳的臉色沒有很好呢。」紳士立刻轉移話題。

「我臉色好不好跟你沒有關係吧？而且我們素未謀面，也不需要跟我太套近乎了。」

「如果讓小姐產生不好的感覺那我道歉，我只是覺得妳需要好好放鬆一下，也許換個環境？」

「這位先生，如果沒事的話請不要打擾我，這些報告我需要一點時間消化。」

娜塔莎沒好氣的說。

「如果妳的內心是指望別人守護自己的話，請容我告知那實在愚蠢至極！畢竟妳所在的條件無法讓妳實現內心的渴望。」

「你……」娜塔莎心氣不順的看著眼前的英倫紳士，彷彿知道自己現在是什麼狀況一樣。

「我只是簡短的自言自語了一番，小姐無須太過在意。」英倫紳士又將帽緣壓得更低了。

「算了，反正是毫無關係的人。懂什麼呢？」娜塔莎深呼吸了一口氣，繼續翻閱著手上的報表，接下來對方就算有點聲音，娜塔莎也沒有很認真的聽他在說什麼了。

隨著時間不停流逝，眼前的紳士點了六杯白酒都飲盡了，而娜塔莎的紅酒依然滴口不沾。

「請再給我一杯。」叫住經過身旁的侍者，紳士點了第七杯白酒。

「酒量真好，千杯不醉的樣子。」終於花了兩個小時消化完三年來的報告，娜塔莎闔上資料卷並抬起頭看著窗外說。

「好酒總是值得品嘗，小姐的紅酒到現在都還未品嘗過呢！」晃了晃手中的葡萄酒杯，紳士又壓低了帽緣說。

「很抱歉我應該一剛開始就告訴你，我只喝香檳，紅酒白酒都是在聚會上、見到大人物的時候才會喝的。」娜塔莎說完將紅酒推到紳士面前。「如果不介意的話，你可以喝掉它。」

但紳士只是微微一笑而不答，兩人之間的空氣充滿沉默。

他喝了最後一口白酒之後便不再找娜塔莎搭話，娜塔莎也不再理會他。

窗外美好的風景因為天幕垂簾，娜塔莎只能看到自己的倒影，漸漸地一陣睡意襲來。

她心想：「反正還有七個小時的車程，足夠我睡一下了。」

雙眼闔上之前，眼前的紳士終於抬起頭來望著自己。

迷濛之中，娜塔莎發現他有一雙清澈卻神祕的雙眼，一隻藍色、一隻綠色。

最後，娜塔莎終於抵擋不住睡魔，進入夢鄉……

第二章：迷霧城市

「我們從來沒有想放棄過你們任何一人，你們都是我們的寶貝。」

夢裡，輕輕柔柔的嗓音環繞在娜塔莎四周。

接著畫面一轉，她看到充滿火海的古代城市，還有騎士騎著馬快速朝著被煙霧掩蓋過的皇宮方向奔去。就在騎士經過她身邊時，她也一併被帶入一座金碧輝煌的大殿。

「公主，御林軍將領前來稟告『敵方將軍手持前所未有之武器』以及『一支發射火焰及雙翼箭矢的棍棒』。惡魔軍將士真的為了復仇而不惜使用怪異武器，但……背後的原因無從知曉。」

「難道真的為了復仇，要滅我王朝？」眼前的背影雖模糊不清，但娜塔莎卻感知到一股熟悉的感覺。

接著她看到一個個醜陋又兇殘的惡魔手中射出一支支的雙翼火焰箭，那根本是不可能由那個朝代的人類發明出來的東西！

感受到四周的危險性後，娜塔莎連忙避開一支支射下來的火焰箭，就在她奔跑的時候她又隨著氣流被帶出皇宮回到剛剛能看見整個市井的地方。

那裡有個不尋常的噴火器，旁邊的箭桶裡已經沒有箭矢，只有一支緋紅色的紙卷。

「要我放棄復仇並接受背叛之人？呵，有何不可？我軍武術已達登峰造極之巔，也參透偉大鳥神的火焰祕密，等滅城之後，我就放棄復仇並接受你們的存在！」

娜塔莎聽見一個與自己有類似頻率嗓音的女聲，接著看到一個全身都是火焰的女子拿起眼前的箭桶，她的眼神充滿憤怒、絕望、冰冷，雖然被火焰環繞但卻感受不到一絲溫暖的氣息。

「原來我們都一樣。」女子發現娜塔莎後，嘴角勾起邪惡的微笑。

「妳看的到我？」娜塔莎驚呼。

「我們都是同類人，都被背叛，都被背棄，妳將代替已沉睡的我滅了這座城。」女子越趨靠近。

「不……不能濫殺無辜，而且我跟妳很明顯就在不同時代，妳說代替妳滅城？我……」

「嗚、嗚——」汽笛響起，娜塔莎從睡夢中驚醒，看著手錶，正好是抵達倫敦的時間。

「哇！我睡那麼久了？這陣子果然太累了，要快點下車才行。」娜塔莎提起隨身行李，拿起皮革大衣，匆忙的下了火車。

「剛剛那是什麼夢啊……」揉著發疼的頭，娜塔莎一部份的情緒還陷在剛剛的夢境裡。

那溫柔的嗓音、熟悉的身影、還有說跟自己是同類人的火女，到底是誰？

「哇！維多利亞車站變好多啊！」走出刷票口之後，娜塔莎環顧四周，她覺得這根本就像另一個城市，自己時隔三年再度回到倫敦，眼前的景象卻是一陣陌生感。但也因為這些感受，讓娜塔莎很快的就忘了剛剛做的夢，也讓陷在夢裡的那一部分情緒立刻歸位。

「請問是娜塔莎小姐嗎？」一位看起來像是站務員的男子走過來說。

「是，你是分部的社員吧？本部應該有聯絡你細項，先帶我去工程設定場看看吧。」娜塔莎一看到來接線的男子就立刻讓自己回到現實，工作還是要做、經理交代的任務還是得完成。

她穿上皮革大衣，倫敦的天氣真的太濕冷了。

前來接線的男子什麼話都沒說，轉身領著娜塔莎前往到另一個停著一台金龜車的地方。

「維多利亞車站變好多呢！什麼時候改裝修的啊？我也只不過時隔三年回來而已啊……」娜塔莎上車之前還回頭看了一眼車站。

「迷霧車站？維多利亞車站改名了嗎？」娜塔莎看著車站站牌心想著，如此大的車站要整修要改名，怎麼國際新聞都沒報導？

正當娜塔莎覺得奇怪的時候，她發現周圍的景點也全都跟自己印象中的倫敦不一樣了。

第二章：迷霧城市

「也變太多了吧，連路名都跟以前不一樣了……是換了市長的關係嗎？整個倫敦都不倫敦了，根本就是大改造變成另一個城市。」娜塔莎喃喃自語的說著。

約三十分鐘的車程中，車外的天氣越來越好，跟娜塔莎得知的倫敦濕冷天氣是天差地別。

爾後，金龜車停在一棟氣派的紅磚別墅前面。

「這裡是……？」娜塔莎提著行李下車後，感受著四周的氣流氛圍，她此時確定這裡一定不是倫敦。難不成自己上錯車了？還是社員搞錯了呢？亦或是要先來這裡開會嗎？會是哪個高階主管的會面室嗎？但主管們應該都在夏威夷才對啊？

「娜塔莎小姐，歡迎您來到迷霧城市，我們已經恭候多時了。」正當娜塔莎內心一堆問號的時候，男子帶著娜塔莎站在紅磚屋的大門前並留下這句話後轉身離開。

「迷霧城市？」正當娜塔莎覺得疑惑的時候，金碧輝煌的大門一開，從裡面走出一位男子。

「你！」娜塔莎驚呼一聲，因為仔細一看，他不就是火車上跟自己搭訕的人嗎？

「雀屏中選的城市守護者，我們又見面了。」留著八字鬍，穿著打扮依然是在火車上所見的那英倫紳士的風格，身材因為有在鍛鍊而保養得宜，外表約為四十歲熟男，鑲著金牙的詭譎笑容、一藍一綠的眼球，映上了娜塔莎疑惑的瞳孔，「歡迎光臨迷霧城市。」

「迷霧城市？」娜塔莎疑惑的問。

「是的，這裡是迷霧城市。」男子說。

「迷霧城市在倫敦嗎？」

「這裡不是倫敦，而迷霧城市也不在倫敦，它是一座連指南針指不出方位並且有自己意識的活體城市。」男子見怪不怪的笑著說，因為每次有新人進來城市他就得要重頭解釋一次。

「活體、活體城市？它是活的？」娜塔莎驚呼。

「是的，它是一座活、體、城、市。」就怕娜塔莎聽錯，男子特別在最後四個字上加重音量。

「不對啊……我明明就是搭上了一九五八號列車，明明票根上寫的目的地是倫敦，怎麼會跑到這個奇怪的城市來？」經過再三的確認之後，娜塔莎依然無法接受如此非科學的現象。

「這座城市從古至今一直在時間的縫隙裡漂流，每隔一段時間它就會從時間縫隙裡面拉出需要被解決的『案件』到城市廣場上，並從現實世界挑選出能解決案件的『城市守護者』。」男子說道。

「什麼案件？」娜塔莎不解的問。

「嗯……就是一些需要被修正的歷史。」

「但是破壞歷史的話，我們現在的結果也會跟著改變吧？」

「這個可以不用擔心，因為會被迷霧城市收編的案件都是解決後也不會改變現在的歷史。」

「那為什麼要解決？既然不會改變現在，那也不需要拯救誰誰誰吧？」超人英雄電影看多了，就算堅信理科與科學的娜塔莎偶爾還是會有點非科學性的幻想。

不過，這非科學性的幻想已經是現在她的極限了。電影可以加上特效，這是完全可以理解。但這座城市是怎麼回事？完全沒有頭緒、完全無法理解，這世界上怎麼會有不需要特效就能做出奇妙又解釋不通的事？

「但是那些事件並沒有被解決，深陷在那樣歷史的主人公們也只能沉睡，見不到光明。」

「可是這跟我們沒有關係吧？改變之後會有什麼好處嗎？」一向現實的娜塔莎雙手交叉放在胸前，不解的看著男子問。

「可以幫妳積德積福。」男子笑著說。

他眼前的女子太過勢利，但也許這也是迷霧城市選了她成為城市守護者的原因之一。

「積……積德積福？我現在是來做什麼慈善事業嗎？」娜塔莎沒好氣的說。

男子看著眼前的女子，他咧齒笑著說：「如果城市給妳的任務失敗，守護者就會變成迷霧城市的養分，永遠消失在地球的座標上哦。永、遠、消、失。」男子笑著說，又特別加重最後四個字。

「你不要笑著傳遞這麼可怕的消息！」

「嘿嘿，但如果任務成功，守護者即能獲得迷霧城市的獎賞。」

「我現在是在過關打怪嗎？得到獎賞……」

「還可以允諾並實現任何一個心願唷！」

「任何心願？」

「是的，任何心願。」

「包含起死回生？改變歷史？」娜塔莎挑起右眉，帶點興趣的問。

「就算真的改變歷史，妳的記憶也會跟著被改變，妳的未來也會被改變，又或者妳根本不會出現在世界上。」

「那還說什麼任何心願。」娜塔莎沒好氣的說。

「如果妳能承擔許願後的後果，城市會允諾妳的。但我要告訴妳，之前的城市守護者因為沒能承擔後果，消失了。」

「消失了？什麼意思？」娜塔莎瞳孔放大的問。

「字面意思。」男子摸著手上的金戒指，接著說：「廢話不多說，我還沒自我介紹吧？我叫費爾斯，是城市的首席律師兼偵探。」娜塔莎還沒回過神，眼前的男子先開口。

「我是娜塔莎。」

「我知道。」

「嘖，如果我不答應執行你剛剛所謂的任務呢？」娜塔莎看著費爾斯始終如一的笑容就覺得煩躁。

「嗯……因為地圖上找不到它的位置，所以迷霧車站是唯一能對外的出入口。想進到城市，只有被選為守護者才有辦法搭上來這裡的火車，想出去也只有對城市作出貢獻才能搭上火車離開。」

「你的意思是如果我不解決這件事，我就走不了？」娜塔莎細心的再次詢問。

「是的。」然後換來簡短扼要的回答。

「那很好啊！我就在這裡住下了，反正那個世界我不回去也不會怎麼樣，也不會有人關心我在乎我吧。」一副被全世界拋棄的樣子，娜塔莎臉上閃過一絲憂傷。

「迷霧城市每隔一段時間都會在城鎮中央出現一個任務，如果放任不管，一個月後迷霧城市就會摧毀現實生活中的都市，颶風、颱風、地震、火山、海嘯等等都是沒有完成任務的結果，守護者的存在就是要阻止迷霧城市以天災的方式摧毀其他地區。」費爾斯無奈的說，畢竟拒絕執行任務的人太多了，像娜塔莎這樣只想在迷霧城市住下的守護者們也很多。

「外面的世界關我什麼事？反正我在這裡好好的……」

「城市會選妳當守護者自然有它的道理，妳在現實生活中需要正視卻一直逃避的問題會跟這次的任務相符，這裡不是每個人都可以來的。」

「你聽好，我不需要解什麼任務，當然也不需要你們假好心說要幫我解決問題，我自己的生活就已經夠一團糟了，哪還有心思去幫你們拯救歷史？」

「就是因為一團糟，才要讓妳知道問題出在哪裡，這是城市給妳重生的機會。城市知道妳還對那邊的世界有留戀，才會用這種方式帶妳過來，如果妳執意要留下並不做任何解決動作的話，那我只好讓妳消失了。」費爾斯收起一直掛在臉上的笑容，正色的看著娜塔莎。

「消、消失？你要做什麼？」娜塔莎雖然嘴上說不想回到那邊的世界，但並不包含可以賠上自己的生命啊！

「如果妳無法完成或拒絕完成這次任務，現實世界就會出現很多天災，妳這樣濫殺無辜是不被允許的，所以我只好在城市生氣之前先讓妳消失並成為城市的養分，再讓城市挑選下一個守護者進來。」先前太多例子導致現實世界發生各種災難，身為迷霧城市的首席，費爾斯不能再讓守護者逃避自身的問題，當然也包含不准逃避迷霧城市給的試煉。

如同他剛剛跟娜塔莎說的『這是城市給的重生機會。』

「看樣子我別無選擇？」挑起左邊的眉頭，娜塔莎語帶無奈的問。

「妳有兩個選擇，一個消失，一個打怪過關解鎖任務成就。」

「那就是別無選擇。」

「看樣子妳還是挺愛惜自己生命的。」費爾斯終於收起嚴肅的表情，一派輕鬆的笑著說。

「我愛惜的不是自己的生命，是外頭千千萬萬人的性命。」

「剛剛還說外面的人怎麼樣不關自己的事呢，真愛面子。」

「沒辦法，我是出生在正八月的標準獅子座AB型，本來就愛面子。」無言以對的娜塔莎完全無法否認費爾斯的話。

「愛面子也該有某種程度的覺悟，更何況星座跟血型只是用來參考，並不是絕對。妳的自尊心並不弱，常常因為面子問題與別人爭吵。雖然妳在別人眼中是堅強的，沒什麼能夠把妳擊倒，但那是因為妳在死撐、在維護自己的尊嚴罷了，妳的逞強是為了掩飾自己的脆弱。」

費爾斯一針見血的道出娜塔莎的個性，就跟姊姊莉狄亞常常吵架也是為了面子問題。

「是是是，你最了解我。」娜塔莎沒好氣的說。

「不是我了解妳，是迷霧城市告訴我的。我們素未謀面，怎麼可能了解妳呢？」

「火車上。」娜塔莎的眼睛瞇成一條線。嚴格說起來，自己跟眼前的男子在幾個小時前倒是有一面之緣吶。

「但妳並沒有看見我的臉，而且也不屑與我交談。」

「你這傢伙是專門來殲滅我的是吧？瘋狂頂嘴是在哪個節奏上？」

「我剛說了，這是城市給妳重生的機會，會讓妳重生就表示妳會在這次的任務中學到新的自己。」

「好好好，解就解，但我應該不是單打獨鬥吧？」

「其實……妳可以直接開口問我會不會陪著妳。」費爾斯朝著娜塔莎走過來，站在距離她不到二十公分的前方。

「……」一陣面紅耳赤，要倔強的娜塔莎開口求助真的比登天還難。

「我會陪著妳。」輕輕托起娜塔莎的下巴，費爾斯往娜塔莎的臉部靠過去，停在距離只有五公分的面前並露出迷人的笑容。

娜塔莎先是將眼睛瞇成一條線，接著「啪！」的一聲，打掉托著自己下巴的那隻手。

「說話就說話，不要摸來摸去！還有，請至少跟我保持一公尺的安全距離。」

娜塔莎冷漠的說完後向後退了一步。

「看樣子妳還是很矜持呢。」摸著發燙的手，費爾斯尷尬的笑著說。

「我可以隨意但不能隨便，這是我對自己的尊重。女孩子本來就要比別人更珍惜與疼愛自己。」

「看樣子城市這次沒選錯人。我明天會介紹助手讓妳認識。現在呢，我先帶妳去妳的房間。」費爾斯幫忙提起娜塔莎的行李，領著她一同來到二樓的走廊。

「你也住這裡嗎？」

「是的，雖然跟妳不同房間，但我們現在的確是同居的關係。」

「油膩。」

「祝妳任務順利，左邊倒數第三間是妳的房間，廚房裡有各種食物可以享用，今天請妳好好休息，然後明天早上十點到大廳找我。當然，我也可以到妳房間去接妳……」

「不需要，你可以離開了。」娜塔莎接過費爾斯手上的行李，拿著鑰匙進了房。

迷霧城市之搖籃傳說

第三章：傳說

隔天，娜塔莎早早就起了床、吃了早餐，參觀了整間別墅。

整棟屋子裝潢得很精緻，用的傢俱都別有一番風味，環境也打掃的一塵不染。

「從昨天到現在沒看到什麼人，這些傢俱卻保養的這麼好，廚房那些菜難道都是費爾斯做的嗎？但他什麼時候下廚的？也沒聽到做菜的聲響……」

「我昨天不是特別強調迷霧城市有自己的意識嗎？」正當娜塔莎喃喃自語的時候，身後傳來費爾斯的聲音。

一如往常的紳士打扮，一藍一綠的眼珠咕嚕的轉著，摸著自己的八字鬍，費爾斯露出招牌笑容。

「我還是不能理解什麼叫做有自己的意識。」

「就是需要人工的部分它都會自動做好，例如我們的三餐、還有維持傢俱的整潔、花園的植物生長、城鎮的運作等等。」

「所以我可以理解成：我在城市的……體內？」

「恭喜，選妳正解。」

「……」已經無法吐槽的娜塔莎，無法接著應對這些超過自己邏輯的話。

「走吧！我帶妳去看這次的任務。」費爾斯笑笑的走出別墅。

這棟別墅坐落在小山丘上，距離所謂的「市中心」有一點距離，但也因為如此，娜塔莎跟費爾斯才能散步在花開的小路上。

第三章：傳說

「這次城鎮中央出現的是一座古老的中國城堡，有股強大的力量將城堡帶入洪流之中，經過了幾千年，被迷霧城市帶進來。」費爾斯邊走邊說。

「是什麼樣的任務跟城堡有關？」娜塔莎問。

「這次要解的任務叫做『搖籃傳說』，我們需要進入到城堡裡面，才能知道內部發生了什麼事。」

「城堡是說進去就能進去的嗎？沒有士兵看守嗎？」

「嗯，看守的不是士兵，是迷霧城市裡的專門看守者——梨革寺院的僧侶。」

「他們是誰？」

「每當城市出現任務的時候，為了避免守護者解任務時受到外面的干擾，都會讓梨革寺院的僧侶們前來協助守門，他們有強大的封印力量，只不過他們有點……石腦袋。」

「既然是城市派來的守門者，為什麼要派石腦袋的來？」

「迷霧城市裡的人都各有其職，每個人都有自己的崗位要顧，如同妳是以城市守護者的身分進來，我們也都有自己的責任歸屬，梨革寺院的僧侶負責看守每一次的任務大門，我則是領路者。」

「我們兩個講的是同一種語言嗎？是你答非所問還是我沒抓到你的重點？你剛剛說的跟我問的有什麼關係嗎？」

「領路者負責開路，與守門者的屬性相剋，通常守門者是不會輕易讓我們進去完成任務的。」

「為什麼？」

「因為他們是石腦袋。」

「所以為什麼要派石腦袋來？」

「因為我們大家都有自己的崗位要負責……」

「好了，停！」娜塔莎覺得費爾斯整個在鬼打牆加不停繞圈子，她就算繼續追問，終究還是得不到自己要的答案。既然這樣，不如就到任務地的時候再說吧。

大約走了十幾分鐘後，兩人終於來到市中心，偌大的廣場正中央原本應該有一座噴水池的，但因為現在是任務期間，所以取代噴水池的是一座超級巨大的古老城堡。

一看就知道年代久遠，年久失修的城牆顯現不出老城堡的威嚴，反而有一絲淡淡的憂傷。

「這次的守護者是一位小姐啊？」正當娜塔莎在觀賞城堡的時候，身旁出現一位男子。

年齡未知但目測約為三十歲左右的年輕小夥子，灰白色的長捲髮替他添加了一點優柔，身上掛著各種顏色的水晶並穿著一件琥珀色的巫師袍。

第三章：傳說

「瓦萊特，你來了。」費爾斯熟稔的上前打招呼。「這位是娜塔莎，這次的城市守護者。」

「妳好，我是迷霧城市的巫師——瓦萊特，這件巫師袍是我的傳家之寶。」

「很美的巫師袍，你好，我是娜塔莎。」兩人互相握了手示好。

「為了更快速的進入城堡，我們需要瓦萊特的幫忙。」費爾斯說。

「巫師能幫上什麼忙呢？」娜塔莎問。

「巫師的心靈之眼可以幫助你們看清問題的根本，然後你們可以依照這些線索去破解任務。」瓦萊特也是一副見怪不怪的樣子回答著。

「哦，好！」一向不相信怪力亂神的娜塔莎並沒有特別期待眼前這小夥子會做出什麼舉動。

「這次的守護者小姐看樣子很不相信我呢，之前的都挺相信我的。」瓦萊特抱怨歸抱怨，但也只是稍微碎念了一下而已，接著就看他閉上雙眼之後，口中唸唸有詞並高舉雙手，在頭頂上比出一個三角形的樣子。

四周的氣流開始以瓦萊特為中心形成漩渦，並帶動天上雲朵也跟著捲起漩渦狀，接著大氣的溫度慢慢升高，瓦萊特的手勢也從三角形變成交叉。

「纏繞在城堡外圍那些年代久遠的迷霧啊！請在我心靈之眼的注視下散開吧！」

唸完台詞後，瓦萊特將交叉的雙手放在胸前，接著連續變化了三個奇怪的手勢。

直到他腳下出現一個五芒星法陣之後，他撩起覆蓋在前額的頭髮，睜開緊閉的雙眼。

而這景象著實讓娜塔莎嚇了一跳，因為看似平滑的肌膚就在一瞬間，開始變皺，額頭的皮膚都往正中間聚集形成一個眼狀。

「心靈之眼！」瓦萊特一喊，額頭上的「眼睛」居然睜開了。

接著瓦萊特又是一陣唸唸有詞，隨後就看見心靈之眼發射出一到黃光到城堡的大門上。

「我看到了……丹契皇帝……把護身符……高舉過頭……宣告……令此狂亂之景停歇……他的血肉……變成了翡翠……宮殿內外所有生物……都石化了……」

「瓦萊特真的行嗎？他不是隨口唸唸的吧？」娜塔莎雙手環抱在胸前，詢問費爾斯。

「到目前為止，他的心靈之眼總共開過一千三百五十八次，每次都成功的幫我們開拓了前路，而且我建議妳，如果想要順利突破那些石腦袋，最好採取瓦萊特的說詞。」費爾斯在娜塔莎耳邊低語。

「依照這個數據，是還蠻多的。」娜塔莎癟了癟嘴，點點頭認證了。

「果然是科學家出身，要有數據才能說服妳呀。」費爾斯無奈的笑著說。

「這是一個講求數據的時代，這些無法用科學證明的事情我到現在還無法理解跟接受。」

「經過這次任務妳會有所改變的。」

「希望如此。」

正當兩人低頭交談時，萊瓦特突然像全身的力氣都被抽乾一樣，單膝跪了下來。

「噢噢噢！他怎麼了？」娜塔莎見狀想要前往扶住萊瓦特，卻被一旁的費爾斯攔下。

「快結束了，耐心等等。」收起招牌笑容，費爾斯專注的看著萊瓦特。

「他沒事吧？這樣下去會不會要送醫院啊？」

「醫院？他是巫師，會自我療癒。」費爾斯繼續盯著萊瓦特說。

「唉……這超過我的知識太多，我已經無法理解你們了。」活了這麼久，第一次遇到有人可以自我療癒的，那這樣他就可以長命百歲了不是嗎？

「萊瓦特已經三千歲了。」彷彿聽見了娜塔莎的心聲，費爾斯轉頭看著她說。

「嗯？蛤？我有聽錯嗎？你是想說三十歲對吧？」娜塔莎再度放大自己的瞳孔。

「嗯……正確來說應該是兩千九百九十九歲又九個月，再過三個月是他生日，到時候就滿三千歲了。幸運的話，妳還可以一起跟他過生日唷。」費爾斯再次綻放招牌笑容。

「我才不會在這裡待到三個月！而且為什麼有這種超過這麼多歲的歲數啊？他是人瑞嗎？還是怪物？還是喝了長生不老藥？」小小的腦袋要塞入爆炸性的資訊，娜塔莎覺得自己要負荷不了了。

「科學小姐妳真的沒長記性，剛剛費爾斯不是跟妳說我有自我療癒功能嗎？」正當費爾斯要解釋什麼的時候，瓦萊特不知何時已經結束了心靈之眼的探測之路來到兩位身邊，而所有的星法陣和氣流也全都回到原本的位置。

「所以你真的三千歲了！」娜塔莎大叫。

「嘖，不要擅自幫我多加三個月，現在是兩千九百九十九歲又九個月，別把我說得那麼老。」瓦萊特撥了撥灰色的長髮說。

「呃！兩千九百九十九歲又九個月跟三千歲有差嗎？反正都不是正常人類會有的歲數啊！」娜塔莎覺得自己真的到極限了。

「這世界無奇不有，同時也是要讓妳知道眼見為憑不一定是真實，很多事情都需要時間驗證，不要太鐵齒。」瓦萊特笑著看著眼前的守護者，他覺得這次城市的人選實在太有趣了。

因為在瓦萊特眼裡，科學小姐也是顆石腦袋呢！

「傳奇！真的是傳奇！我一定要跟你合照一張，紀念這趟旅行我真的沒有腦袋抽風。」娜塔莎說。

「跟我拍照要收肖像版權的！」撥弄了自身的長髮，瓦萊特靦腆的說。

「我長這麼大還沒看過三千歲的人瑞啊！」金氏世界紀錄上最年老的人瑞也只不過活了一百二十二歲又一百六十四天，跟這個將近三千歲的巫師相比真的差太多太多了。

「第一，我不是人瑞，我是巫師；第二，請準確地說出我的年齡，不要老是說我三千歲！再重申一次，是兩千九百九……」

「好好好，我知道你二九九九九，這樣就可以了，不要再強調。」為了阻止兩個人繼續無止盡的無腦對話，費爾斯趕緊出來岔開話題。

「瓦萊特，這次你看到什麼了？」費爾斯繞過還半傻愣住的娜塔莎，向城市的巫師詢問結果。

「嗯，心靈之眼告訴我，這座古城名為丹契王朝，出現在遠古時代，那個時期有著守著各種元素與四方的守護神們，他們將自己的護身令牌交給丹契的第一代皇帝，並告知每一個世代都有一次可以運用護身令牌的時刻。」瓦萊特說。

「王朝距今已有幾千年的時間，在時間隙縫裡漂流若干年後，被迷霧城市拉出來了？」費爾斯問。

「是的，因為石化的期限快到了，若無法解決內部石化問題，現實世界在某種程度上也會受到影響。」瓦萊特繼續說。

「石化？」娜塔莎終於回過神後加入兩人的談話。

「嗯，丹契王朝擁有的四張護身令牌，加上中央元素就能形成保家衛國的強大屏障，但若只有四張護身令牌融合，一切都會被石化，而石化的期限是五千年。」瓦萊特撥了撥長髮說。

「所以你剛剛才會說什麼皇帝舉護身符，然後誰誰誰石化？」娜塔莎問。

「但是你有看到為什麼導致石化嗎？有中央元素的話不是就能形成屏障？」費爾斯接著追問。

「中央元素就是誕生在那個世代的王子或公主所睡過的平衡搖籃，新生兒的純淨會替平衡搖籃帶來能量，增加屏障的韌度。」瓦萊特說。

「所以現在的問題就是要找出平衡搖籃？」娜塔莎下個結論說。

「但問題是那些石腦袋……寺院的僧侶來到宮殿，他們在隱蔽的地方留下卷軸，並把宮殿上鎖，使其免受外界侵擾。」瓦萊特說。

「你是說那些守門人嗎？但我不懂耶！既然城市派我來解任務，又派他們來守門？這樣不是互相矛盾嗎？到底是讓人解不解任務啊？」娜塔莎不悅的說。

第三章：傳說

「這就是打魔王開始之前的小關，如果守護者連守門者都通關不了，那就別說要進到古城去執行任務了。」費爾斯說。

「那去跟他們講一講就好了吧？」娜塔莎問。

「如果講一講就會讓我們進去，我們還需要提前讓瓦萊特來幫忙探測過去嗎？」費爾斯說。

「但是瓦萊特就算幫忙看見過去，也無法幫我們改變什麼不是嗎？」娜塔莎說。

「很幸運的是，石腦袋們都是同一路線的。」瓦萊特笑著看著眼前兩位任務執行者。

看著瓦萊特的笑容，費爾斯很快的就意會到他的話中之話。

「什麼意思？」娜塔莎不解的問。

「就是跟妳一樣只相信數據，守門者只相信對過去的歷史有充分了解的執行任務者，畢竟如果守門守到整個門不見，他們就會變成迷霧城市的下個養分來源。」費爾斯解答。

「為什麼你們可以把人變成城市的養分這件事情，講的那麼輕鬆咧？」娜塔莎不解。

「因為到目前為止實在有太多人變成養分了，我們都見怪不怪了。」瓦萊特漫不經心地說。

「變成養分之後就是妳現在踩踏的土壤唷！」費爾斯順道補了一槍。

「很多人都變成養分……所以我踩在……那些人的……上面……也就是說……我的腳下都是屍體！」娜塔莎聽完後在一旁獨自糾結。

「事不宜遲，我們快點進去吧！」不管娜塔莎在一旁有多少黑線掛在臉上，費爾斯跟瓦萊特準備進入古城。

「妳不來嗎？」瓦萊特一腳跨入結界裡，轉身看著還蹲在地上糾結的娜塔莎。

「妳不來就會變成養分喔！」已經進入結界裡的費爾斯探出一顆頭來說。

「我去！我去！我去你……」

「欸欸欸！不可以罵人、講髒話啊！」

「我是說我去你那邊……」

娜塔莎連忙起身，也跟著一起跨過了結界。

第四章：丹契王朝

結界裡的世界果然跟結界外的不一樣，進去後，映在娜塔莎等人面前的可以說是另一個世界了。

整個街道與房屋都被完整的保留，地上的磁磚雖然一點也沒有因為歲月而破碎，但卻因為戰爭而染上許多血漬。

百姓們的臉上盡是惶恐與不安，有的小孩蹲在已倒下的父母身旁哭泣、有的男子拿起鐵鏟奮力抗敵、有的女子帶著孩子奔跑，後面是一隻怪物在追趕。到處都是火焰、到處都是血漬、到處都是屍體。

這一片慘絕人寰的景象看的令人怵目驚心，幸好，眼前的這一切都是石頭。

「我來過這裡……」娜塔莎看著眼前的風景呆住了。

「什麼意思？」費爾斯不解的看著她問。

「我在來這裡的火車上，做了一個夢，夢境跟這裡完全一樣……」娜塔莎說。

「是嗎？那表示妳果然是城市選的守護者呢！不過這個時代到底遭遇了多慘的戰事？」瓦萊特邊說邊穿越這些石頭雕像，往丹契王朝的大宮殿走去。

「好想推倒這隻怪物……」娜塔莎緊跟在費爾斯身後，看見只差一步那對母子就要被吃掉了。

「你就算推倒牠，牠也不會碎裂。」費爾斯淡淡的說。

「至少可以讓這對母子逃過一劫吧……」娜塔莎眼露出憂傷地說。

看著抱著孩子奔跑的婦女，她腦中突然出現一個片段：在自己很小很小的時候，曾經跟媽媽和姊姊一起到北邊的森林去露營，那時候……

「我去摘花給媽媽！」還很稚嫩的娜塔莎走路都還很不穩，卻被一望無際的草原給吸引了。

「小娜，等等我。小娜也要摘花送給媽媽嗎？」另一個慈愛的聲音響起，是娜塔莎的媽媽。

「嗯，給媽媽！」那時候的她，雖然從出生就沒有爸爸，但是媽媽的疼愛卻從沒少給過，而且媽媽只會喊自己小娜，但是對姊姊就會喊全名——莉狄亞。

但是……莉狄亞那時候也在嗎？娜塔莎怎麼樣也想不起來那時候的回憶裡有莉狄亞。

「花好漂亮喔，媽媽幫小娜編成花環戴在頭上！」媽媽跟小娜塔莎坐在草地上摘了好幾朵花。

「好啊，好啊！小娜也幫媽媽戴。」

那時候的娜塔莎身邊有愛著自己的母親，雖然跟記憶中的姊姊不是那麼合的來，但至少她是家裡最小的孩子，也是備受寵愛的小公主。

如果不是那場意外，也許她現在還是可以開心的跟媽媽一起和樂的在一起……

「娜塔莎，妳還好嗎？」費爾斯發現娜塔莎看著那對母子，不知道想什麼想到出神了。

「娜塔莎、娜塔莎？」瓦萊特也發現娜塔莎的異狀，上前問候。

「嗄？哦，嗯，我沒事。」思緒再度被拉回來，娜塔莎深吸了一口氣再緩緩地吐出。

「想什麼想到出神？」費爾斯走到她身旁，若有所思地看著她。

「沒什麼，想到以前的事情而已。你說過這是重生的機會對吧？」娜塔莎問。

「嗯。」輕輕的點點頭，費爾斯瞇著眼，彷彿看穿了娜塔莎的心。

「完成這次任務的話，可以實現一個願望，對吧？」娜塔莎再問。

「嗯。」依然是輕輕淡淡地回應。

「只要我能承擔改變的後果，任何願望都可以，對吧？」娜塔莎看著費爾斯問，她的眼神有點憂傷、卻有道希望的光芒閃過。

但這次費爾斯沒有回應，只是把手放在娜塔莎的頭上，面無表情地看著她。

「怎、怎麼了？我有說錯嗎？你那時候說只要我能承……」

「人都是因為一步步走來犯了許多錯，所以懊悔、所以難過，所以想回到從前去彌補些什麼，但妳要知道，就算妳回到從前，那時候的妳還是依然沒有任何力量可以做出不一樣的選擇。」費爾斯說。

第四章：丹契王朝

「如果沒有那場意外……」娜塔莎低語。

「也許那不單純只是意外。」瓦萊特在旁邊說。

「什麼意思？你是不是知道什麼？」娜塔莎看著瓦萊特語帶激動的說。

「沒有什麼意思，我只是想告訴妳，世界上不會有所謂的單純意外，都是人為或上天提前安排好的。而我們也只能選擇接受或是改變。」瓦萊特說。

「不要隨便窺看我的過去，即便你是個巫師。」收起脆弱，娜塔莎又恢復到劍拔弩張的樣子。

「不是我要看，而是在妳被選為城市守護者的同時，所有的資料跟背景都會在我腦海顯現，因為我是城市的巫師。」瓦萊特聳聳肩說。

「先不要想自己需要什麼心願，我們把這次任務解決了再說吧！接下來的路長的很呢。」費爾斯看了眼那對母子的石化雕像，然後走到那隻追趕母子的怪物前面。

「走吧！我們得加緊腳步到宮殿去了。」瓦萊特說完，便邁開步伐朝著宮殿前去。

娜塔莎則是看了那對母子一眼之後，也跟上前。

「碰——」就在走不到十公尺的距離後，突然身後傳來一陣爆裂聲。

「啊！什麼聲音啊？」被嚇到的娜塔莎趕緊回頭一看。

只見身後一陣煙幕消散，費爾斯雙手插在卡其色的西裝褲的口袋裡，緩緩地走上前來，身上的白襯衫貌似沾上了什麼。

「費爾斯！你又亂來了。」瓦萊特瞇著眼看著走上前來的好友說。

「反正爆一隻小卒不會影響什麼。」費爾斯經過娜塔莎身邊，低語了一句：「只要妳願意，我都會幫妳，即便是天涯海角。」

「那對母子的命運。」指了指剛才娜塔莎關注的母子雕像，瓦萊特對於費爾斯的行為很不以為意。

「我們的目標是皇室，市井小民的命運會隨著我們是不是有認真解完任務而改變，不差這一隻。」

「又在耍帥了。」瓦萊特聳聳肩，跟在費爾斯的身後朝著宮殿走去。

「剛剛那是什麼意思？」看著費爾斯的背影，娜塔莎突然覺得一陣心跳加速，但眼看距離兩人越來越遠，她也終於邁開步伐趕上前去。

「你又讓人家臉紅了。」瓦萊特不需要回頭，也知道娜塔莎現在的狀態。

「放心啦！都三十幾歲了，不會這麼簡單就被我哄騙過的。」費爾斯低語後一陣壞笑，勾著瓦萊特的脖子，兩人打打鬧鬧的繼續走著。

走沒多久，娜塔莎隨著費爾斯和瓦萊特來到中國宮殿的大門前，此時兩位僧侶應聲而來。

「來者何人？」僧侶甲問。

「報上名來。」僧侶乙說。

「這兩句話不是一樣的意思嗎？」娜塔莎小聲地問著瓦萊特。

「終於可以讓你見識看看石腦袋了。」瓦萊特輕哼一聲說。

「城市守護者、城市巫師以及任務開路者。」費爾斯簡短的回答。

「這是惡魔之血？」僧侶甲發現費爾斯身上的印漬。

「哦，這應該是我在剛剛來的路上不小心撞倒了一隻怪物，那時候沾上的吧。」費爾斯輕輕的拍了拍襯衫說。

「你確定不是被你打爆的嗎？」僧侶乙瞇著眼說。

「我哪有那麼大的力量啊，哈哈哈哈哈。」費爾斯臉不紅氣不喘的說著謊。

「明明就是你打爆的……為了耍帥。」瓦萊特小聲的在娜塔莎身後輕輕補了費爾斯一槍。

「不管你們為何而來，這個宮殿無法讓你們進去。」僧侶甲說。

「好了好了，每次有任務都說不讓我們進去，這次又是為什麼不能進去啊？」費爾斯說。

「這次真的不一樣，不能進去。」兩位僧人擋在門口堅定的說。

「感覺事態很嚴重，我們進的去嗎？」娜塔莎低語問瓦萊特。

「可以啊，他們的說詞每次都一樣，我已經聽一千多遍了。」瓦萊特漫不經心地說。

「那這次是什麼故事?說來聽聽吧!」費爾斯試圖與兩位僧人對話。

「你剛剛不是說你們是城市守護者嗎?守護者應該會知道這次的事件多嚴重吧?」僧侶乙依然瞇著眼看著眼前的三位不速之客。

「誰是城市守護者?」僧侶甲問。

「我。」娜塔莎帥氣的站出來,「這次的城市守護者,是我。」

「又一個在耍帥了,唉……」瓦萊特搖搖頭說。

「那妳應該知道發生了什麼事,說說看吧!」僧侶乙說。

「說了你會讓我進去嗎?」娜塔莎問。

「不會。」僧侶乙人異口同聲的說。

「那我幹嘛說?」娜塔莎頭上出現尷尬的黑線。

「為了證明妳是城市守護者。」僧侶甲回。

「但說了你們又不讓我們進去,這樣還需要證明什麼嗎?」娜塔莎沒好氣的說。

「證明妳是城市守護者。」僧侶乙回。

「你們無法溝通耶……」用手指來回指著兩位僧侶,娜塔莎傻眼的說。

「用嘴就可以溝通了,不需要用手指來指去。」僧侶甲說。

「唉……」扶著額頭，娜塔莎突然覺得這感覺似曾相似。

她回頭看了看站在身後的費爾斯，在看看眼前的兩位僧人……

「瓦萊特，這個世界的人說話都沒有……邏輯嗎？」娜塔莎無奈的問。

「這也可以算是迷霧城市的特色吧，哈哈……」自顧自的乾笑，瓦萊特用右手食指輕輕的在鬢角旁邊抓了幾下。

「唉……我是不知道這次的事態對你們來說嚴重到什麼程度，但我會把我知道的跟你們說。說完請讓我們進去。」娜塔莎無奈的嘆聲氣說。

「說了也不能讓你們進去，因為事態很嚴重，但妳還是要告訴我妳知道了什麼。」僧侶乙說。

「……什麼神邏輯？」娜塔莎又再次無語了。

「我們知道這宮殿在農曆新年的大除夕被帶進迷霧城市之前，有一支惡魔軍隊闖進了丹契王朝與皇帝的御座大殿，當時宮殿裡的軍民正與魔軍戰鬥中，卻在一個風吹起的瞬間，一切嘎然而止，雙方皆被不明力量變成石頭，接著時間潮流就把宮殿吞噬，直到現在被迷霧城市拉出來，分明是有什麼事件是需要被解決的。」費爾斯說。

「你們不知道是什麼製造出如此強大的魔法？」僧侶甲摸著下巴問。

「皇帝的護身符。」娜塔莎補充說。

「是的，多個世代以來，皇族一直在反覆無常的四風神靈之間維持著微妙的平衡，自盤古初開，皇帝的子女出生後，便會順著已有的規律成為某一神祇的追隨者，這讓丹契王朝盛世幾千年。」僧侶乙接著娜塔莎的話說。

「可是某個繼承人的誕生卻將它破壞了，因此釀成了始料未及的災禍。」僧侶甲說。

「繼承人？皇帝的子女？」娜塔莎問。

「沒錯，身為梨革寺院的僧侶，我們發誓將會嚴守宮殿的驚世祕密，絕對不會喚醒那些沉睡中的石像，好讓皇帝許願制止的戰火永遠不會復燃。」僧侶乙說。

「但你剛剛好像把那個驚世祕密告訴我們了耶……」娜塔莎說。

「哪有？這個驚世祕密你們誰也別想得知！」僧侶甲堅定的說。

「請問……那個驚世祕密是不是跟皇帝的子女有關啊？」娜塔莎扶著額頭問。

「啊！」兩個僧侶不約而同做出一模一樣的表情：雙眼放大、下巴就快掉到胸口了。

「原來戰爭的起源是皇帝的子女，然後參與戰鬥的人和惡魔都被石化了，這些來自寺院的僧侶就看守著他們，不讓他們甦醒。」瓦萊特在一旁說。

「你們怎麼會知道？這可是驚——天的祕密呀！」僧侶甲驚訝的說。

「呃……我可以吐槽他們嗎？」轉身看著兩位男士的娜塔莎無奈的說。

「你在迷霧城市裡會有超級多點可以讓妳吐槽的，不差這一次，先忍住。」費爾斯笑笑地說。

「這城市實在太神奇了……」娜塔莎轉身看著還在一臉不敢相信他們怎麼會知道祕密的僧侶們，突然感到一陣悲傷。

「所以我們可以進去了嗎？」費爾斯掛著招牌笑容問。

「你們怎麼可能會知道這個祕密？這是守了好久以來都沒有人知道的驚世……」

「因為你剛剛說了啊……需要幫你恢復記憶嗎？我們有城市的巫師可以幫助你唷！」娜塔紗不等僧侶乙說完，就先攔截他的話。

「不要隨便出賣我的心靈之眼，就算我是巫師，我也有拒絕治療別人的權利！」瓦萊特說。

「瓦萊特會負責治好你們的！千萬不要放棄治療。」娜塔莎拍了拍兩位僧侶的肩膀說。

「我是巫師，不是醫生。有病看病，沒病休息。不要沒事就拖我下水——」這次換瓦萊特傻眼了，他作夢也沒想到眼前這個女子居然挖洞給自己跳。

「那你還傻傻的跳進去？」看穿瓦萊特的心思，費爾斯在旁邊補了一槍。

「你在報復我剛剛說石像是你打爆的那件事？」瞇著眼，瓦萊特看著這位自己又愛又恨的好友說。

「我哪有那麼小鼻子小眼睛？」掛著謎樣的微笑，費爾斯溫柔的說。

「你就是雞腸鳥肚！分明忌妒兼報復……」瓦萊特不悅的說。

「好了好了，講了那麼久，我來幫大家整理一下吧！」娜塔莎拍了兩下手說：「兩位僧人看守大門十分辛苦，所以導致出現神經錯亂，就讓身為城市巫師的瓦萊特幫兩位治療一下！」

「然後我跟這位小姐——城市守護者，就先行進入宮殿調查了。」費爾斯將手搭在娜塔莎的肩上，後者臉上再度浮上一抹紅暈。

「不行！此路不通，不能讓你們進入！」僧侶乙突然就像線路接通了一樣，呈現大字形的擋在大門前面，這個舉動著實讓娜塔莎一行人又增加了進入大門的難度。

接著，費爾斯無論花了多大的功夫都無法說服看守僧侶讓他們進入宮殿。

「該不會又要用老方法解決了吧……」在一旁的瓦萊特看著青筋越冒越多的費爾斯無奈的說。

「老……老方法？」娜塔莎看著眼前的費爾斯，一陣不安感油然而升。

「看樣子，用說的行不通呢……」費爾斯將頭以順時針跟逆時針個繞了兩圈，再將肩膀也以順逆時針方向個繞了幾圈後說。

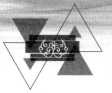

「你、你想要幹嘛？」僧侶甲在一旁發抖地說。

梨革寺院的僧侶們每次都會被分配到不同的門看守，但之前派出去的僧侶們回來都會說：迷霧城市有個開路者，個性兇殘、武術高強、力量滿點，經常使用暴力通過各種門，而他的特徵就是微笑時門牙旁的第三顆牙齒是金色的，眼珠則是一藍一綠……

迷霧城市之搖籃傳說

第五章：任務開始

「難道是你……」僧侶乙看著僧侶甲的反應，突然也像想到什麼一樣緩慢的看著眼前的費爾斯。

「我的傳聞應該已經傳到梨革寺院去了，怎麼每次派來的都是石腦袋呢？」費爾斯雙手緊握，手指關節之間發出嘎嘎作響的聲音。

「快住手！你這個瘋子！你們根本不了解神祇的憤怒！」僧侶乙說。

「快讓開！你這個石腦袋！你們根本不了解費爾斯的憤怒！」瓦萊特半開玩笑半緊張的說。

「憑藉先祖的記憶，我懇求你忘記皇帝的驚世謎團，不要翻開過去的歷史，否則惡魔將會被喚醒，世界會再度陷入危機之中啊！」僧侶甲說。

「我是給個建議：你們在擔心惡魔被喚醒之前，是不是要先擔心我那蠢蠢欲爆的小宇宙已經被你們給點燃了呢？」費爾斯掛上招牌笑容，又是露出那顆金光閃閃的金牙，對著僧侶們說。

接著越來越接近兩位僧侶的費爾斯，臉上蒙上一層陰影，但在那層影子中，如同照亮黑夜大海船隻方向的燈塔一般的金牙，始終清晰可見。

「費爾斯，下手輕一點啊！不然你又要被紋身了。」在一旁的瓦萊特好心警告著。

「我盡量啊！」費爾斯摩拳擦掌慢慢的接近兩位僧侶。

第五章：任務開始

「被紋身？被誰紋身？」娜塔莎不解的問。

「費爾斯是迷霧城市選中的開路者，他的責任就是幫助每次來到迷霧城市的城市守護者開啟每一道任務的門。」瓦萊特說。

「那紋身是什麼意思？你千萬不要告訴我字面意思！」娜塔莎有了先前被費爾斯耍的經驗，很擔心身為好友的瓦萊特也會跟著開自己玩笑。

「但就是字面意思啊！應該說……好歹這些僧侶也是迷霧城市派來守門的，一種自家人打自家人的概念跟妳解釋，妳會不會比較能理解？」

「會！但是我不懂的是為甚麼迷霧城市要費爾斯跟城市守護者解任務，卻又要派人來阻礙我們解任務呢？」娜塔莎問。

「雖然城市守護者是由迷霧城市本身自己選擇的，但畢竟不是每個守護者進來都會有能力跟意願去完成這些任務，這些守門者就是要考驗守護者的堅定意志。」

「但如果像我一樣沒什麼堅定意志……」

「這就是需要費爾斯的地方，你們的能力跟意願是由他培養的，不管用什麼方法，都要讓所有的守護者平安完成任務並回到原世界。」

「但我聽說也有一些守護者變成養分了？」

「費爾斯不是一開始就這麼強大，任務總是會有失敗的時候，在找到比費爾斯更適合擔任開路者的人之前，他不能成為城市的養分，所以目標自然就變成任務失敗的城市守護者身上。」

「意思是如果找到比費爾斯更適合的人，他就會變成養分？」

「目前是這樣，所以他才不停讓自己變的更強大，想要不被取代就得是獨一無二。」

「但他做這些事情有什麼好處嗎？雖然你們都不是跟我在同個世界的人……」

「沒有好處，他是為了贖罪。」

「贖罪？」

「我不能再透露更多了，如果妳想知道就自己去問他吧！但我必須說給妳參考：先前完成任務的人都立刻被送走了，能問到關於費爾斯事情的人是零。」

「這麼神祕……這樣太不公平了吧！你們都知道我的事，但我對你們卻都一無所知。」

「妳現在知道一點啦！知道如果他下手太重，迷霧城市就會處罰他，就像兄弟姊妹互毆，爸媽都會一起處罰，但如果其中一方被下手太重，那出手的那個人就會被加重懲罰。這就是為什麼我剛剛叫費爾斯下手輕一點的原因了，他因為每次出手都太重，每次都被紋身。」

「你說的紋身跟我想的那個紋身……應該一樣吧？」

「嗯……現實生活中的紋身跟被處罰的紋身不太一樣。現實中的紋身會留下印

第五章：任務開始

記，但是迷霧城市的紋身是沒有圖騰的，也就是紋的當下你的全身會充滿火一樣的符咒，每一條痕跡都像蟲咬一樣的又痛又癢，但你不能抓，也沒有辦法解決，只能看這次你出手的輕重去決定你要忍受多久的紋身。」

「最長曾經到多久呢？」娜塔莎問。

「四千三百二十一分鐘。」

「你們用分鐘去計算的啊？」

「或是妳可以用三天又一分鐘來看。」

「三天？」娜塔莎驚訝的看著瓦萊特，他的臉上雖然看起來一派輕鬆，但細看還是可以發現有一絲的擔憂參雜在裡面。

「是三天又一分鐘，所以才叫他下手輕一……啊！來不及了的樣子……」瓦萊特指著前方，地上躺著兩位被打趴的僧侶，僧侶甲的腳還微微的抽蓄著。

「你又要被紋身了……」看著走過來的費爾斯，瓦萊特皺著眉頭說。

「我先說，我這次沒有下手很重喔！」費爾斯拍了拍襯衫說。

「都趴在地上了還不重？」娜塔莎也是一個傻眼的表情。

「他們大概再一分鐘後就會恢復意識了，我只是讓他們暫時昏倒一下而已，真的沒有很重啦！」

「你就不要被紋身之後還來找我求救。」瓦萊特不屑的說。

「了不起泡藥水啊！」費爾斯用無關緊要的態度說。

「你皮膚會爛掉……」眉頭皺成一個川字，瓦萊特說。

「我又不常幹這種事。」費爾斯的招牌笑容出現了！

「是不常，但只要出手都會被處罰的你，我決定要跟你絕交。」瓦萊特把手在胸前交叉著說。

「這句話我聽了一千三百多次了，哪次成功?瓦萊特，你是離不開我的，嘿嘿！」費爾斯放大了自己的招牌笑容。

「不要笑得這麼噁心，還有，你的金牙閃到我了。」舉起手遮住眼前，瓦萊特不悅的說。

「當年皇帝阻擋不了魔軍的侵入，想要喚出平衡搖籃，卻怎麼樣也召喚不了，你們進去不一定就能解決這件事。」正當兩人一來一往鬥嘴的時候，躺在地上的僧侶甲睜開眼睛說。

「欸欸欸，他醒了耶。」瓦萊特拍著費爾斯的肩說。

「我剛剛不是說我下手沒有很重嗎？」費爾斯說：「我只是點了他們的穴道而已，你們放心，他們的所有器官跟部位都還健在。」

「你以前到底是下了多重的手，才會這麼特別重申所有的器官跟部位都在……」娜塔莎面對眼前這個謎樣的男子，她實在無法想像到底以前的他有多大的力量可以把僧侶的器官跟部位都弄丟……

「嗯……重到可以擊破一個惡魔石像。」費爾斯使壞的笑著說，然後換來娜塔莎的白眼。

「丹契皇帝眼見宮城即將失守，他便使用四風護身令牌終止了戰爭，既然戰爭已經平定了，就讓這份和平繼續維持下去吧。你們不要再進去攪和了！」僧侶乙也跟著說。

「欸欸，他們都醒了耶！我們是不是要快點進去啊？不然等一下他們起來怎麼辦？」娜塔莎問。

「放心啦，他們雖然都有意識，但短時間內起不來的，至少也得花個三十分鐘左右。」費爾斯說。

「你們要不要專心聽我們說話啊！」僧侶甲不甘被無視，大聲的說。

「能不能解決這件事情應該要看這次的城市守護者的本事吧！而且你們的話不就是那些要阻止我們進去的話嗎？都聽了不下一千多次了。」瓦萊特說。

「這次不一樣，如果沒有好好解決這次的事件，那邊的小姐就會變成迷霧城市的養分，永遠消失，就算是這樣你們也沒關係嗎？」僧侶乙激動的說。

「嗯，沒關係。」不給任何停頓的空間，費爾斯直接接下去說。

「欸！我很有關係好嗎？你怎麼不問問主人公意願？」娜塔莎再度傻眼的說。

「妳覺得……我會讓妳變成養分嗎？」費爾斯輕輕靠在娜塔莎的耳邊低語。

「我不是說要離我十公尺以上嗎？你今天是一直找機會接近我呢！」娜塔莎向後跨了一步，兩手交叉擺在胸前，不悅的神情顯而易見。

「不是一公尺嗎？怎麼多了九公尺？妳趁機漲價唷！反正，我不會讓妳變成迷霧城市的養分。」費爾斯從腰間抽出一條藤鞭，輕輕一甩便勾住了大門上的銅色門環，一樣的招牌笑容說：「因為我知道妳要什麼。」

接著費爾斯用力一拉，整座大門順著藤鞭的方向被拉開了。映在眼簾的，卻是一道如同凝固水流的結界。

「你這是什麼怪力……」娜塔莎驚呼。

「能夠拉開門並且將妳帶入門內的怪力。」費爾斯說完便一把拉過娜塔莎，後者重心不穩整個人摔進了費爾斯的懷裡。

「抓緊囉，這次的結界沒有那麼好進，萬一妳被彈出去我可不負責。」費爾斯摟緊娜塔莎的腰，順著藤鞭的力量，兩人如同溢鞦韆一般進入了大門的結界裡。

「這傢伙越來越會調戲良家婦女了，這可不行……」在一旁的瓦萊特搖搖頭後，簡單的就穿過了那道結界。

「我被彈出去你應該要負責吧？還有，是誰允許你亂拉我的？」進入大殿的娜塔莎挑起左邊眉毛說。

第五章：任務開始

「不管妳有沒有被彈出去，妳都不會是我該負責的人，不過至少這趟任務，我會陪妳一起完成。」費爾斯給了娜塔莎一個招牌笑容。

「費爾斯，你再這樣小心我跟城市檢舉你！」在一旁看不下去的瓦萊特說。

「我們不顧僧侶的阻止，最後還是我稍微動用一點武力突破宮門，我們才得以進入大殿，就別再威脅我了好嗎？小壞蛋。」費爾斯笑笑地看著瓦萊特說。

「不要用這麼噁心的語調跟我說話，我要開啟心靈之眼對付你了喔。」感覺快受不了的瓦萊特撩起額前的髮，蓄勢待發準備攻擊。

「好啦好啦！跟你開個玩笑嘛。」費爾斯兩手舉高表示自己投降。

「但不好笑，少再用這麼噁心的笑容看我。」瓦萊特放下頭髮說。

「但你已經看了好幾千年了耶，娜塔莎妳說對不對呀！」費爾斯笑著說。

娜塔莎搖搖頭，她根本不知道眼前這個男人到底有何居心，不過她很確信的是：這次的任務一定要快點完成，然後離開這個完全沒有邏輯的世界。

三個人在大殿環繞了一圈，整個擺設十分氣派，但很可惜的是裡面的擺設全都變成了石頭、所有的傭人、士兵、騎士以及進入宮殿攻擊的惡魔怪物全都石化了。

「這到底是發生了多嚴重的戰爭啊……」娜塔莎撿起地上的一個卷軸，上面還潑有血漬，那是唯一沒有被石化的物品。

「你們看！這個卷軸是這個時空的東西嗎？」娜塔莎問。

「哇！小娜妳發現寶了耶！」費爾斯湊過來說。

「不要叫我小娜！那不是可以從你口中吐出的詞。」娜塔莎不悅的說。

「總有一天妳會讓我這麼叫妳。」費爾斯又在那塔莎旁邊耳語。

「滾遠一點！」突然一個防衛機制，娜塔莎用力的給了費爾斯一拳，後者立刻重重的摔在地上。

「費爾斯！你沒事吧！」瓦萊特見狀立刻上前扶了他一把。

「我還是第一次遇到可以把我打趴在地上的女生。」慢慢站起來，費爾斯笑著說。

「你如果喜歡被打趴的話，我不介意多揍你幾拳。」娜塔莎冷冷的說。

「好了，你們兩個不要玩了！快來看這裡寫什麼。」緩和兩人之間的氣氛之後，瓦萊特拿起剛剛那塔莎撿到的卷軸，直接打開來看。

皇朝的後嗣需要跟隨四方神祇之一，並以萬有之理為憑。

秩序不可動搖，其為季節更替、太陽軌道至關重要之則。

由此，首名孩童即繼承青龍之力，數年以後，第二孩童誕生，繼承朱雀之力。

既如夏季不可置於春季之前，四方神祇順序亦不可有亂。

秋季白虎之後，需以冬季玄武、春季青龍、夏季朱雀依次為序。

第五章：任務開始

周而復始，千秋萬代。
奉　保持平衡之名
丹契皇帝

「這是丹契皇帝留下來的？」娜塔莎問。
「看樣子四方神祇跟這場戰爭有關係呢！」費爾斯說。
「四方神祇已經是很遠古之前的傳說了，是不是真的存在都還不知道……」瓦萊特說。
「你不是活很久？在你那個年代沒有記載嗎？」娜塔莎問。
「我是活很久，但那是跟你們這些一般人比起來才叫久，中華五千年的歷史我只佔了一半左右，更何況這還是在五千年歷史之前的遠古時代。」瓦萊特說。
正當娜塔莎還想說什麼的時候，三人的後方出現了剛剛熟悉的聲音。
「噢，不！你們打破了結界，石像要甦醒了。」穴道被解除的僧侶隨即趕來，看著他們手上的卷軸後驚訝的大喊。
話才剛說完，最靠近娜塔莎的那座石像發出「嘎嘎嘎」的聲響，接著石片慢慢地開始剝落了。

迷霧城市之搖籃傳說

第六章：青龍祭司

「父皇？……你們是誰？發生什麼事了？」一位有著淡綠色短髮的女孩緩緩的張開眼睛，青綠色的瞳孔映上娜塔莎的倒影，聲音溫柔甜美，一身的青龍戰袍可以得知她在石化之前經歷過一場奮戰。

「我們是迷霧城市的守護者，妳是？」費爾斯和娜塔莎提高警覺，並試圖與女孩對話。

「我是品禎公主，為丹契王朝的皇位繼承人和東方神祇青龍之女祭司。」女孩說。

「她就是誕生在龍的季節的王朝繼承人——品禎公主。也許就是因為她導致元素失衡、戰爭四起的。」瓦萊特在娜塔莎和費爾斯耳邊輕聲說道。

「我能憶及最後的事情是王國與惡魔交戰，許多士兵被逼進宮殿，惡魔衝入御座大殿……其後父皇將四風護身符取出後，一切止息了……」品禎公主垂下眼簾，不停的回憶著。

「妳能再多告訴我們妳知道的事情嗎？」娜塔莎趨向前方詢問。

「中國皇朝奉天之命，維持四風神祇間之平衡。父皇母后各自背負玄武、白虎之力，吾出生之時，即為青龍取其女祭司之時，天命不可違，然而國師曾有所預言：繼承人之誕生將有亂平衡……」品禎公主說。

「但我覺得公主的言談和舉止都沒有異常，要我相信這樣的女孩會擾亂平衡？

第六章：青龍祭司

我難以相信。」娜塔莎在費爾斯旁說道。

「我的雙親曾告知我，我在一出生時，青龍隨即稱我為其所屬之祭司，我降臨至世上，有何之錯？秩序並未有亂！我也得到了青龍給予的龍型翡翠玉璽作證，我是丹契王朝欽定繼承皇位之公主與青龍欽點之女祭司，此非擾亂眾神平衡之事。」品禎公主說道。

「心靈之眼告訴我，距今好幾千年之前，品禎公主的確是青龍欽點的女祭司，需要在國土遭到襲擊中負責保衛國家，而祭司的訓練還包含了精神練習。」摸著額頭，瓦萊特說。

「精神練習？」娜塔莎好奇的問，因為精神練習感覺就不像那個朝代會有的產物。

「我們通常會用特別的焚香來與青龍神祇溝通，並且從小就要研習典籍，利用它們學習古老智慧和神祇的奧祕。」品禎公主在旁補充道：「我習得了青龍神之奧祕，始得令植物生長之天賜才賦，石於我手亦可生出繁花！」

品禎公主說完便拿起旁邊剝落的石塊放在手上，口中也是唸唸有詞，不一會兒的時間，手上的石頭開始長出青芽，漸漸的越長越高、越長越長，然後開出一朵小花。

「這個也是很不科學。」娜塔莎搖搖頭說。

「我的咒術非為破壞神祇平衡之物，而是可以助長萬物生長的術語。」品禎公主說。

「這個公主看起來很正常啊……」娜塔莎一個人喃喃自語的說。

「妳可以跟我們說一下妳是如何接受青龍的挑選並成為祭司的過程嗎？」費爾斯像品禎公主問。

「可以，我從一出生的時候就注定要接掌青龍的祭司，但並不是每個祭司都能有強大的心靈，這需要透過訓練。除了學習各種古老典籍之外，還需要將這些典籍的內容舉一反三、最後化成自己的智慧，並參透成為神祇的奧祕，當然體力的訓練也是不可少的。」品禎公主說。

「強大的心靈……是類似……內在能量那種嗎？」娜塔莎問，她之前也有去上過幾次的瑜珈課程，老師們總是會要她放鬆心靈，說她太緊繃。

「舉例來說，青龍會帶著我在瀑布流水之下發現水的智慧，或是在大草原上傾聽風的聲音，在冰宮裡體會微風的溫暖、在地窖裡了解陽光的明媚，曾經與死亡搏鬥、九死一生之後才知道空氣的甘甜。」品禎公主說。

「青龍教會我如何不讓黑霧遮蔽我的視線，並相信我所選擇的道路。就算眼前有所迷失，心靈也會帶著我走出迷宮，引領我走上正確的道路。」公主接著說。

「這公主感覺神智很清楚，她看起來不像是會違背這些天道法則的情況。」娜塔莎說。

「而且我們目前聽下來，所得的事實也未指出公主的任何過失。」費爾斯說。

「但是四風神祇之間的平衡卻是被皇帝繼承人的誕生破壞了……為了找出真相，我想我需要呼求皇帝先祖的幽靈以求協助。」瓦萊特說。

「他不是只有能看到過往嗎？」娜塔莎像費爾斯詢問。

「瓦萊特的能力是看見過去、預見未來並能與靈魂溝通。」費爾斯說。

「他這麼厲害啊！」娜塔莎對於瓦萊特的能力感到十分驚訝，一人抵三人的感覺。

「他可是迷霧城市裡面首屈一指的巫師呢！不要小看他。」

「迷霧城市裡還有其他巫師嗎？」

「嗯……沒有！」費爾斯很認真的思考一番之後給出的這個答案，真的讓娜塔莎白眼翻到後腦袋了。

「故事從這裡開始，我以迷霧城市巫師的身分，召喚出來到此城市的王都靈魂，丹契王朝的先祖們，懇請現身。」瓦萊特的腳下出現一個五芒星光陣，接著散發出紫色的光芒。

周圍的氣流漸漸凝聚在瓦萊特的前方，四周逐漸暗了下來，只剩下五芒星光陣發著刺眼的紫光。

「丹契王朝的先祖之靈啊！請聽我召喚，速速前來。」接著瓦萊特睜開心靈之眼，對應到大殿裡的皇座牆上，那裡鑲著一條金龍與金鳳，中間的圓盤處出現不知名的符文。

「是誰召喚了吾？汝等可知召喚先靈先祖是要付出代價乎？」一個青綠色的幽靈漸漸從符文內浮現，他的嗓音低沉穩重，雖然只有形體，但卻散發出皇室才有的貴族之氣。

「參見丹契王朝的先靈先祖，吾乃丹契王朝第一百一十九代繼承人——品禎，青龍女祭司。」品禎公主看見先祖亡靈出現在面前，連忙整個人趴在地上行大禮。

「汝亦為青龍祭司？小小身軀散發出強大的磁場，不愧同吾為青龍祭司啊！哈哈哈哈哈哈哈——」綠色靈魂似乎非常滿意品禎公主，大笑的渾厚嗓音環繞在整個大殿。

「青龍祭司，是汝召喚吾乎？」先祖亡靈詢問。

「是我召喚您出來的，先祖。」瓦萊特雖然緊閉雙眼，但心靈之眼是睜開的。

「哦？是心靈之眼吶！難得召喚了丹契王朝的亡靈，大家都各自忙各自的事情，就只好派吾過來啦！」綠色靈魂說道。

「近來先祖們可安好？」說話的雖然是瓦萊特，但聲音卻是細膩的女音。

「為什麼瓦萊特的聲音變成這樣？」娜塔莎問。

「那不是瓦萊特的聲音，是心靈之眼的聲音。」費爾斯答。

「心靈之眼不就是一隻眼睛嗎？哪來的嘴開口說話？」

「心靈之眼是一個寄宿的概念，瓦萊特是心靈之眼的宿主，而那隻眼睛也只會在有需要的時候出現，同理，心靈之眼的聲音也在需要的時候才會藉由瓦萊特的口發出聲響。」費爾斯解釋道。

娜塔莎搖搖頭又點點頭，來到迷霧城市短短不到兩天，太多的神奇她已經見怪不怪了。

「一直等不到王朝第一百一十八代傳人到來，待吾等知道丹契王朝被拉進時間縫隙裡飄移時，已經是過了好幾千年後了呀，丹契王朝的骨肉化為沙泥、鮮血化成河水、聲音化成風傳遞到亡靈的世界……」靈魂說。

「這位公主您可認得？」心靈之眼問。

「吾眼前這位身兼祭司的皇朝繼承人，曾以她的神祇之名保衛國家，當一切訓練就緒之後，她身上就會出現守護神的圖案。」綠色靈魂說道。

此時看見綠色亡靈讓品禎公主站起身來，正確來說是浮在空中上，隨後祂將她身上的青龍鎧甲漸漸修復、不再殘破不堪，全身出現一條條綠色的龍紋。

「同為青龍祭司，品禎公主的身上和鎧甲上都有青龍圖案，代表她的力量增長和技能精進，足以成為皇帝的左膀右臂。」綠色靈魂說。

「但我們收到訊息說皇位繼承者是打破平衡的元兇，請問您知道這是怎麼回事嗎？」心靈之眼問。

「慈愛的青龍所調教出來的青龍祭司是不會打破平衡的，她習得愛惜萬物、助長萬物的春風之力，龍神製造了女祭司的華麗皇冠，還令品禎公主成為一個真正的女皇，賦予了她東風之力。一切完美無瑕，神祇接受了她，換言之，她不可能打破平衡的。」

「嗯……那有沒有別的可能性去符合這個消息呢？」

「除非她有手足，但手足也有先後出生的時候……這……啊……時間到了……」綠色靈魂漸漸的越變越淡，祂逐漸消失在牆上的符文裡。

「欸欸欸！別走啊！」娜塔莎看見靈魂逐漸消失，不由自主的疾呼著：「只有祂可以幫忙解開這個謎題，哪有人講話講一半的啦！」

「祂是靈魂，不是人……」費爾斯在一旁小聲地吐槽。

「心靈之眼使用的時間到了。」瓦萊特放下符在額頭的手，睜開雙眼說道。

「哇賽，你的心靈之眼還有使用期限喔？」娜塔莎問。

「妳以為我的心靈之眼是塑膠袋嗎？永遠不腐朽。」瓦萊特沒好氣的說。

「心靈之眼也需要休息的，而且我剛剛說他是寄宿在瓦萊特身上，也需要考慮到宿主的體力跟精神狀態。」費爾斯出來打圓場說道：「但是瓦萊特你最近是不是需要再多鍛鍊點啊？感覺你上次的心靈之眼維持的時間比較久耶！」

「你不說話我會非常感謝你的沉默。」瓦萊特白了費爾斯一眼，接著看向品禎公主。

「我們現在知道這公主沒有問題，但問題卻說出現在皇帝的子女身上，難道真如剛剛綠色的靈魂所說的一樣，公主有手足？」費爾斯摸摸八字鬍，一臉偵探樣的說。

「品禎公主，如果妳知道些什麼請妳告訴我們。」瓦萊特上前與公主攀談。

「我……我該相信你們嗎？」品禎公主猶豫地說。

「我們是來幫助丹契王朝恢復到原本的樣子，縱使要追朔歷史的原罪，我們也該先平息眼前的災難。」瓦萊特說：「這就是我們來到這裡的原因。」

「是的，翻閱與妳的時代相關的資訊也許會有收穫，但那是不真實的吸收，沒有辦法了解妳的時代要傳遞的訊息，所以我希望妳可以親口告訴我們妳知道的一切。」費爾斯來到品禎的身旁說。

「我……好吧！我把我所知道的都告訴你們……」品禎公主看著眼前的三個與自己來自不同時代的人，除了相信他們之外，品禎公主也不知道要如何解決滿城的惡魔大軍。

「趁著封印還沒完全解除，你們最好快點離開這裡……」一直站在一旁的僧侶甲說道。

「目前只有品禎公主的封印解除，瓦萊特，距離下個封印解除的時間大約多久？」費爾斯問。

「心靈之眼現在無法預見未來，但剛剛與靈魂對話的時候能看見下個蠢蠢欲動的石化時間約為十分鐘之後。」瓦萊特說。

「能看的出來下一個封印解除的石像是哪一個嗎？」娜塔莎問。

「看不出來，但可以得知是在這個空間裡。」瓦萊特回。

「這個空間……那除了騎士之外，就是惡魔軍隊了……」娜塔莎摸著下巴說。

「如果是惡魔軍隊，我一掌打飛他們，剛好也需要提升自我能力了，拿來當沙包應該不錯！」在空氣中揮舞著雙手，一下子左鉤拳、一下子右鉤拳，費爾斯整個幹勁都來了。

「你真把這裡當成遊戲機裡的打怪場景了……」娜塔莎無奈的說。

「妳不知道他一直以來都是這樣提升自己能力的嗎……」瓦萊特也跟著無奈的回應。

「丹契王朝承載了多少的過去，而那些過去裡面又有多少後悔、淚水、悲傷與憎恨……」正當大家在關心下一個解開封印是誰的同時，品禎公主看著牆上的金龍與金鳳，憂傷的說道。

「我一直覺得妳給我一種很熟悉的感覺。」娜塔莎走上前對品禎公主說。

「我們曾經見過面嗎？」公主問。

「不知道，但總覺得妳很像我認識的某個人……我不是說容貌，我是說整體的感覺。」

「很像某個人？是妳的家人嗎？」品禎公主問。

「家人……我沒有什麼家人……」雖然這麼說，但娜塔莎卻想起了莉狄亞。

「原來妳也受到很重的傷呢……跟她一樣……」品禎公主的語氣突然變的憂傷，「也許我早點伸出援手的話，她就不會如此憎恨丹契王朝了吧！」

「瓦萊特，如果你想知道更多的話，我建議你快點恢復體力，再繼續呼喚下一個靈魂出來吧！」娜塔莎別過頭，轉身看像瓦萊特。

「為什麼？直接問公主不就好了？」瓦萊特大聲回答。

「公主說她什麼都不知道。」娜塔莎說完，轉身看像品禎公主。「不是我不想幫忙解決問題，而是我覺得妳準備好之前都不需要開口跟我們說妳到底發生了什麼事，感覺妳現在應該也挺混亂的。」

「妳……可以詢問妳的芳名嗎？」公主露出溫暖的笑容，而那個笑容娜塔莎比誰都更熟悉，因為就算模樣不同，溫度卻是一樣的。

「娜塔莎。」簡短的回應了品禎公主。

「很美的名字，娜塔莎，謝謝妳知道我的徬徨，只是……」

「我知道，妳的龍神教導妳要堅強，但是現在已經不是妳的朝代了，脆弱一點也無所謂。」

「謝謝妳，妳真的是個很溫暖的人。」公主微笑著說。

又是那樣溫暖的微笑，跟娜塔莎所知道的那個她簡直一模一樣，不管自己犯了什麼錯、不管自己多麼任性耍脾氣，她總是溫暖的笑著看著自己，接納自己所有的不完美，只是記憶中的她，只陪著自己過了一段很短的歲月。

「但是有這麼溫暖笑容的人，居然拋棄我了……這種溫暖的笑對我來說都是虛偽……可是……就算只有一點點希望，我還是想再見她一面……」娜塔莎心裡想著。

第七章：品璇公主

「我覺得我的狀態好像恢復不少了……要不要試著再召喚一下先祖的靈魂？也許這次會遇到不一樣的靈哦！」瓦萊特衡量了一下後，覺得目前開啟心靈之眼的話，應該可以再撐一個靈魂的時間。

「好啊！你試試看，有試有機會，看能不能召喚到其他祭司的靈魂。」娜塔莎說。

「如果可以的話，我倒希望你一次召喚多一點靈魂。」費爾斯說。

「我不會讓你有求必應喔。」回了費爾斯這句話後，瓦萊特開始聚精會神，腳下一樣展現出五芒星光陣，一樣出現耀眼的紫光。

「啪……咧……」就在這時候，整個大廳突然傳來輕脆的石頭裂開聲。

「瓦萊特，你先等等，我聽到石頭裂開的聲音。」費爾斯趕緊叫住瓦萊特，後者聽到聲音之後立刻分了神，腳下的五芒星光陣也隨之消失。

「啪……咧……碰！」正當所有人都聚精會神、屏氣凝神的在尋找大廳是哪個石像崩裂的時候，巨大的碰撞聲從費爾斯跟瓦萊特的七點鐘方向、娜塔莎與品禎公主的兩點鐘方向傳來。

「啊——」品禎公主先是看到裂開的石像，隨後驚呼一聲。

兩位男子連忙轉身，他們看見離自己不遠的石像只崩裂了上半身，讓人移不開視線的朱紅色長髮隨著空氣微微飄動。

第七章：品璇公主

「有、有兩位公主？」娜塔莎倒吸了一口氣，因為從石像裡出來的紅髮女孩，有著跟身邊的品禎公主一模一樣的面孔。

就在此時，雙眼緊閉的紅髮女孩猛地睜開了眼睛，那如同烈火般的血紅色瞳孔狠狠地往品禎公主的方向瞪來，雖然兩人有著一樣的容貌，但身旁的氣息卻完全不同。

一個是如同春風般溫柔的氣質，一個卻是有如夏日般灼熱的氣場。

「品……品璇」品禎公主小聲地看著眼前的女孩，脫口而出對方的名字。

「時機已到！我的復仇之志沒人能擋！我指揮著惡魔軍隊圍攻整個宮殿，且已親臨此地，誓要取丹契皇帝和龍祭司之命！」看見品禎的瞬間，紅髮女孩身上的甲冑再度燃起熊熊烈火。

她是品璇，朱雀的女祭司，憤怒的情緒絲毫沒有因為時間而減弱。

「品璇！妳身上的甲冑簡直瘋狂，是對慈愛龍神的挑戰及汙辱！硃砂又名『龍血』，而妳身上的甲冑則全為此物所覆蓋，難道妳是指自己將沐浴在龍神與其追隨者的血中嗎？」

品禎雖然對眼前的女孩有著難以言語的感受，但她從小就被教育成為青龍的祭司，她不允許有任何人褻瀆自己的守護神，即便那個人對自己來說何其重要，也不能原諒。

「看樣子妳還不笨嘛！就算身處如此奢華宮殿，他們還是有將知識灌輸在妳那顆偽善的腦袋裡嘛！我的甲冑之赤紅是以神聖火焰飾之，並染以龍之低下追隨者之血！我的正義，終將於妳用自己的血債來償還後得以伸張！」即便下身的石化還沒有解開，也擋不住名為品璇的公主想要滅城的念頭。

「我絕對不會讓妳得逞的，我要在妳解開石化之前先了結妳的生命。」右手一甩，一把青龍偃月刀便出現在品禎的手上。

「我是丹契王朝理應繼承皇位的公主，僅此背棄傳統之訓、背棄雙親以及姊姊品禎。我發誓，復仇結束之前，絕不放下武器；我發誓，遵從淨化之火、太陽之怒，並以憤極灼熱智慧之路。火必不傷我，我是真神的嫡系女祭司！真神未曾對我下過妄語，祂告知我的家族將我逐出家門的真相：原來我是不被需要的繼承人！」低語呢喃了一陣，品璇公主的眼裡冒出憎恨的火花。

「皇帝統治結束之日已到。妳是沐浴於榮光之人，我卻為一己之命戰鬥至今，我畢生均為此日而存，就算石化尚未解開，我也要讓妳知道，向我奔來的妳只有死路一條。」右手一甩，一把丈八蛇矛也出現在品璇手上。

「欸欸欸，等等啊！有話好說。」娜塔莎見苗頭不對連忙趕上去拉住品禎想要勸架。

「娜塔莎，如果我們能有話好說，我丹契王朝就不會變成現在這個樣子了，跟她，沒什麼好說！」品禎再度舉起青龍偃月刀，往品璇的方向躍起，用力地舉起手中的武器，然後重重的落下。

「鏗！鏘！」舉起丈八長矛的品璇說快不快、說慢不慢的擋下了這一擊。

品禎將武器碰觸點當作重心，用力的往後彈跳後在空中劃了一個美麗的弧線後落下。

「等等，我們得先搞清楚事情的來龍去脈，不要這麼急著就互砍啦！」拉住品禎的娜塔莎大叫著。

「娜塔莎妳放開我，這傢伙一定隱藏了什麼沒有讓我們知道！不然說要滅城是何等困難！」品禎說完便努力想掙脫娜塔莎。

「我沒有事可藏！你們儘管去查，查到真相也沒有什麼不可！因為你們將明瞭我那詭詐的家族必遭報應。無非為流寇，乃為戰士，我追尋的戰士法典中有我遵守之所有法則——火焰戰士之法，以及火之祕密皆收其中，我就算是復仇者也是最尊貴之復仇者。」品璇的雙眼就像要噴出火一般，她奮力的扭動自己的身軀，身下的石頭隨著她的大動作開始進行大塊的崩解。

「一山不容二虎，我今天一定要跟妳比出個高下。」品禎見狀用力推開娜塔莎，奮力往前衝去。

畢竟是受過訓練的戰士，力道大到娜塔莎一個重心不穩往後倒去。

在一旁的費爾斯見狀立刻一個箭步上前，抓住娜塔莎的手並往自己的方向拉來，娜塔莎順著力量再次摔倒在費爾斯懷裡。

但這次兩個人沒有太多時間臉紅心跳，因為在他們面前就要上演一部武打片了。

「快阻止她們啊！這樣打下去整個城堡都會變成灰的！」在一旁的僧侶甲急著跳腳。

但畢竟兩個女孩都是受過訓練的高手，就在一個眨眼瞬間，只看見品璇下身的石塊爆炸彈飛，費爾斯還用自身替娜塔莎擋下了碎石的攻擊，接著就看到兩位公主互不相讓的拿著武器互相攻擊對方。

「瓦萊特！」費爾斯看見情況不妙，再不阻止她們，別說是任務了，整個城堡都會消失，於是大叫了一聲城市巫師。

「哇！我很久沒有這樣玩了，你確定要開大絕？」瓦萊特語帶興奮的問。

「不開的話我們都會在這裡掰掰，全部變成城市養分，不要開玩笑了！快點！」費爾斯大聲的說。

「好吧，還好剛剛沒有把力氣用在召喚靈魂上面。」瓦萊特一邊說一邊摘下配在巫師袍旁邊的紅色水晶跟綠色水晶，口中念念有詞後往空中一丟，水晶瞬間膨脹變成有如泡泡一般的晶瑩剔透。

「把她們打進來！」瓦萊特對著費爾斯大喊。

費爾斯看見機關已開，連忙一個躍身來到品璇公主身邊，接著一個迴旋側踢就把公主踢進了紅色的泡泡裡，接著又是一個漂亮的一百八十度迴轉，整個人落在大廳中間的龍椅上，然後再把龍椅當作施力點，向空中躍去來到品禎公主身邊，又是一個迴旋側踢把青龍祭司給踢進了綠色的泡泡裡。這些動作，費爾斯只花不到五秒的時間就完成了。

「果然古代學習的武術跟現代學的還是有差呢。」一個完美的落身，費爾斯站在娜塔莎身旁，拍了拍衣袖，撥了撥頭髮說。

「天啊……我剛剛是一個眨眼你就回來了耶！到底怎麼辦到的……」娜塔莎以為眼前這個男人沒什麼實力，沒想到三兩下就把打得不可開交的公主們分開了。

「瓦萊特，你快點收水晶！」兩位公主雖然被踢進大型泡泡裡，但像抓了狂似的公主們不停地拿著手上的武器試著要擊破關住自己的牢籠，費爾斯擔心再這樣下去水晶體會破裂，趕忙知會瓦萊特。

「不用你說我也知道！」瓦萊特把手在胸口前比劃了幾下，接著脫下身上的袍子往上一拋，柔軟的布料順勢越變越大之後蓋住了兩顆大型泡泡，接著在地心引力的牽引之下，琥珀色的巫師袍慢慢的往下降，接著瓦萊特一個跳躍，在空中穿回了巫師袍，而袍子也回到原本的大小。

「泡泡呢？」娜塔莎看著什麼都沒有的空中驚呼道。
「在這裡。」瓦萊特伸出右手，兩顆如同彈珠大小的水晶在他的手上閃閃發光。
「咦？公主們呢？」娜塔莎問。
「在這裡面。」瓦萊特將兩顆水晶收入口袋裡，用眼神知會了費爾斯。
「走吧！先離開這裡再說，只要不離開結界，這裡的石像就會繼續崩裂，我可沒有信心一個人打好幾百隻怪物。」拉起娜塔莎的手，費爾斯跟瓦萊特趕忙從結界裡回到迷霧城市中。
「不要再來了。」守在門口的兩位僧侶臉臭的比臭豆腐還臭。
「我們一定還會再來，這兩位公主總是要物歸原位的。」費爾斯笑著說。
「公主是人不是物品！不要亂用成語，在那邊不懂裝懂……」娜塔莎無奈的看著費爾斯說。
「現在怎麼辦？什麼時候放她們出來？」瓦萊特問。
「為了不讓兩個人再度打起來，我們只能輪流放她們出來，這樣才有辦法釐清事情，不然這任務到死都解不出來。」費爾斯說。
「只是現在好像有個頭緒了。」娜塔莎說：「破壞平衡的是皇帝的子女，既然品禎不是問題，那問題可能就在品璇身上了！」
「妳說的對，也許是品璇的存在破壞了平衡，長大成人的品璇率領惡魔大軍，

第七章：品璇公主

向她的家人復仇，這些年來她身在何方？又為何如此憎恨自己的家人？」費爾斯摸了摸八字鬍，深思的說。

「先放她出來問就知道了。」瓦萊特拿出紅色的水晶，但下一秒卻被娜塔莎給拒絕。

「我覺得還是先讓品禎公主出來比較好。」娜塔莎說。

「為什麼？我想我們能從品禎公主身上知道的事情都知道的差不多了。」費爾斯說。

「你們剛剛沒有看到她看見品璇公主的表情嗎？那就是一副『我早就知道有這號人物存在，只是她為什麼現在出現在這裡？』的表情啊！」娜塔莎說。

「好吧！有人說妳們女生的第六感通常都很準，我就姑且相信妳，先放她出來問話吧。」瓦萊特將紅色的水晶收起來，換拿出綠色的水晶，接著口中唸了一句娜塔莎完全聽不懂但聽起來很像是「吃飽喝足沒事幹」的咒語。

只見綠色的水晶緩緩的飄在空中，接著空中就出現了一個人形。

「品禎公主，我想……現在應該可以告訴我們，妳剛剛看見品璇公主的反應了吧？」瓦萊特一等品禎公主落地，立刻上前詢問。

「你不要這麼心急，會嚇到公主的！」娜塔莎趕緊拉開瓦萊特，然後將品禎公主帶到一旁去。

「你不勸勸她嗎？沒有我們幫助可能會出事喔。」瓦萊特站在費爾斯旁邊，瞇著眼看著漸漸走遠的娜塔莎跟品禎公主。

「如果是剛剛那個火爆小妞我可能還會插個手，但這畢竟是城市守護者該完成的任務，我們就算幫忙也幫不了多少，更何況那個綠髮感覺挺溫和的，兩個人在一起應該不會出什麼事。」費爾斯說。

「你……」原本瞇著眼看著遠方的瓦萊特，聽完費爾斯這席話後把頭轉過來看著他。

「不要瞇著眼看我，小心你的眼睛越瞇越小。」費爾斯笑著說。

「這次又打什麼主意？你是太久沒有遇到女人，還是因為她長得像莉狄亞呢？」瓦萊特調侃的說。

「你最好不要讓她知道我跟莉狄亞的關係，如果這次任務成功了也許就能改回她的記憶了。」

「只有改記憶這麼簡單嗎？」依然瞇著眼睛說。

「真是瞞不過你，如果我也能趁機逃離這個鬼地方就好囉——」伸了個懶腰，費爾斯笑著說。

「當年她利用了你離開這裡，這樣看起來，你跟娜塔莎都算是受害者吧……」瓦萊特淡淡的說。

第七章：品璇公主

而費爾斯不發一語的只是聳聳肩，然後意味深長地看著距離自己不遠的娜塔莎跟品禎公主。

「娜塔莎，我知道你們想要替我們解決這些事，但如果品璇的心態沒有改，我說再多她還是一樣要滅我丹契王朝，我不知道我可以再跟你們說些什麼了，因為問題不在我身上啊！」品禎公主被娜塔莎拉到一旁之後語帶激動的說。

「我知道，但我只是想問妳，當妳知道她是你妹妹的時候，妳是什麼反應？」彷彿沒有想要調解姊妹之間的紛爭一般，娜塔莎輕輕地問。

「嗯……」品禎被這個突如其來的問題給震懾住了，她腦裡就算再怎麼千思萬想，也沒料到娜塔莎會問她這個問題。

「品璇……其實我……」支支吾吾的說不出口，品禎對於突然冒出來的妹妹其實很百感交集。

「慢慢說，我跟妳一樣也有個雙胞胎姊妹，只是她是姊姊。」看著眼前的品禎說不出個所以然，娜塔莎乾脆就先從自己的故事開始說起。

「在我記憶中，我很小的時候曾經跟媽媽還有姊姊一起去露營，但是那時候遇上了一頭野生黑熊，媽媽抱著我逃走的時候，一個不小心就跌到山谷下，雖然不是重傷，但媽媽卻丟下我自己離開了。」娜塔莎垂下睫毛，難過的說。

「我的天啊！」品禎驚訝的看著娜塔莎問。

「然後等我醒來的時候，身邊只剩下莉狄亞……我的雙胞胎姊姊，她說媽媽為了救我而跟熊搏鬥，最後犧牲性命，媽媽臨走之前告訴她要好好照顧我……」娜塔莎輕描淡寫的繼續說著自己的故事：「但我卻總覺得從她口中聽到的過往卻怎麼都想不起來……，雖然一起去露營，但是我卻對這個回憶片段感到斷斷續續，而且跟姊姊怎麼樣都很合不來……常常有一種我們不是親姊妹的感覺……即便她對我百般包容。」

「姊妹們不就是這樣嗎？當我知道有品璇存在的時候是戰爭的那天，我們的第一次見面就是彼此互相砍殺……是不是很可笑？」品禎終於打開心房，願意多談一點妹妹的事情了：「從小我就很希望有手足可以相伴左右，但父皇跟母后總是要我多待在龍神身旁多學習，彷彿要把我塑造成世界巔峰的那唯一的一人。」

「也許妳的父母，早就知道品璇公主會回來復仇。」娜塔莎說。

「他們讓我認真習得武術是因為怕我無法保護自己而敗在品璇之下吧。」品禎公主難過的說。

「但是妳的心情呢？妳自己的心情也很重要啊！」娜塔莎說。

「其實我真的很開心，當我知道我有個妹妹的時候……但是我沒辦法拋棄我的守護神——青龍，祂自始自終守護在我身邊，身為青龍祭司，兒女私情、家族情懷什麼的都要放一邊，我是王朝的繼承者，自然要以國家大事為重，只不過當我知道品璇的存在時，我有一度希望自己不是個公主，也許這樣我跟她就不會走到今天這個局面了……」品禎公主卸下心防，對娜塔莎傾出所有。

「我們會想辦法幫助妳們合好的。」娜塔莎說。

看品禎公主越久，娜塔莎就越覺得溫暖，而這個感覺正是自己是很小的時候，來自媽媽身上的溫度。

迷霧城市之搖籃傳說

第八章：原委

「妳剛剛說妳也有個姊姊，對嗎？」沉默了一會兒的品禎公主率先開了頭。

「嗯，但是我覺得自己跟她很遙遠。」娜塔莎說。

「怎麼會呢？既然是姊妹，就應該能互相了解彼此。」

「雖然我們是雙胞胎姊妹，就跟妳和品璇公主一樣，但是我卻沒有大家口中說的那種雙胞胎該有的心電感應，更確切的說，我覺得我沒辦法理解她在想什麼。」

「從什麼時候開始的呢？」品禎公主看著眼前的娜塔莎，擁有類似背景的她們話投機許多。

「我也不知道我什麼時候開始變成這樣，可能是媽媽離開的時候吧。我覺得我的記憶一直很錯亂……連媽媽什麼時候離開、為什麼離開都是透過莉狄亞告訴我的，但是我的記憶非常零碎，有些記憶跟她告訴我的搭不上。」

「原來我們都沒能見到父母最後一面……」

「但妳知道丹契皇帝是為了拯救子民而犧牲自己，但我卻不知道……」

「父皇為了拯救整個丹契王朝，也許真的犧牲了自己，母后也許也在這場戰爭中為了保護誰而犧牲了吧。」品禎難過的低下頭，她想起在戰場上最後與丹契皇帝的那一面，以及征戰之前，丹契皇后給的那最後一次擁抱。

「我們現在僅存的只有身邊的手足，丹契王朝已經是歷史了，就算我們把所有石像都摧毀也無法改變什麼……」

「但我們能做的是讓整個王朝真正走入歷史，讓丹契王朝的子民解脫，讓妳和品璇公主恢復姊妹情誼。」娜塔莎話還沒說完，費爾斯的聲音在身後響起。

「費爾斯……」娜塔莎看著他說：「誰准許你偷聽我們說話了？」

「哇嗚！我無意打擾，我只是想來告訴妳們，丹契王朝二公主的水晶要爆了，再不放她出來可能等等變成迷霧城市被滅城哦！」費爾斯一派輕鬆的說。

「不要用這麼輕鬆的語氣講這麼可怕的事！」娜塔莎在一旁嘆了口氣說。

「讓品璇出來吧！我想，也許可以好好的跟她談話，費先生說的沒錯，王朝已經走入歷史，青龍與朱雀也已回歸天庭，再爭戰下去也是毫無意義。」品禎公主說道。

「那我放她出來囉！」瓦萊特話一落下，只看見紅色的水晶不停膨脹，最後在空中「碰」的一聲，整個裂開了。

紅長髮的女子從空中躍身而下，手持著丈八蛇矛站在眾人面前。

「縱使朱雀與青龍都回歸天庭，我也不能原諒妳這背叛之徒。」品璇公主語氣冰冷的說。

「品璇……我們無意拋棄妳……」品禎公主將右手放在胸口，大聲的對妹妹喊話。

「住口！吾等正義無須汝等教育，即便偉大的鳥神已經回歸至天庭……」

「妳自己看看這個吧！」就在品璇公主即將又要大發雷霆之時，費爾斯丟出一個卷軸。

品璇公主瞇了下眼，從容不迫的接住在空中迴轉的卷軸。

「這是？」接是接住了，但公主卻沒有打開來看。

「妳看了就知道了，這是剛才離開大殿的時候，我順手拿的。」費爾斯露出招牌微笑說。

品璇公主聽完之後，收起手上的武器並將卷軸拉開，裡面寫道：

皇帝最大之重擔，在於對國家之責，朕守密多年，代價乃為他人之性命，此為朕之夢魘。朕將得之祕密之人放逐山中寺院，或將之囚禁。

朕之梓童，一國之后，秋之白虎女祭司，終將此祕密攜之入墓，朕將此祕密隱瞞於參謀、忠臣乃至家族及人民。

然則不得不守密之對象，乃為朕之繼承人——品禎公主。其出生之時，有一妹妹，名曰品璇。此必為災禍之始，朕之公主可憐至甚……。

朕之長女——品禎公主。乃龍神之女祭司，而下一子女則為鳥神所屬。

然而皇后卻誕下孿生兒，朱雀決定將之利用，破壞平衡並與其永恆之敵——青龍對抗。

第八章：原委

雙孿兒誕生之時，烏神與一群惡魔現身，強求朕之次女成為其女祭司，否則摧毀國家。

交戰神祇之女祭司必不可攜手長大，朕被迫應允；皇后聞之心碎，此為朕等失去二女其一之原委。

丹契皇帝

皇帝的御筆信裡有著太多的痛苦，看完這卷軸的品璇公主瞬間跪倒在地。

「妳知道妳的雙親有多捨不得失去妳嗎？」費爾斯走上前說。

「不可能……你們一定是假造……」

「你覺得我們能假造出丹契皇帝的親筆筆跡和簽名嗎？隨著王朝的消失你覺得我們還有辦法模仿皇帝的玉璽嗎？如果妳真的不相信我們，可以問問妳口中所謂的守護神。」不等品璇公主說完，瓦萊特走向前說。

「是南方烏神讓妳憎恨妳的家族、讓自己和東方龍神的遠古衝突變成妳們兩位公主間的戰爭。」費爾斯補充說明。

「不可能……我堅持了這麼久……烏神告訴我是他們不要我……祂說只有在祂的鍛鍊之下，我才能復仇……我堅持了這麼多年……」低下頭，品璇公主用手緊抓著卷軸。

「其實妳根本不想復仇，對吧？」娜塔莎走向前，蹲下來拍著品璇公主的肩膀說。

「既然是雙胞胎，妳的內心也一定能感受到品禎公主的心，因為丹契王朝的家族都是血脈相連的，更何況妳們還是雙胞胎。」娜塔莎繼續說著。

「但她們是敵對的龍神和鳥神的傀儡，兩個女孩畢生都要骨肉相殘，這是註定好的。孿生姊妹的誕生是神祇間古老爭鬥的導火線。鳥神想要破壞秩序，取得自己的女祭司；皇族被迫放棄品璇公主。這雖然殘酷，但若非如此整個國家將會灰飛煙滅，皇帝身為國家之首，必須把人民放在個人感情之上。」瓦萊特說。

「難道就沒有什麼方法可以解決祂們的矛盾嗎？讓姊妹倆互相殘殺也太過分了……而且現在都什麼年代了，就算不互相傷害也可以解決這件事吧？」娜塔莎站起來問。

「心靈之眼告訴我，只要我們可以找到當初皇帝跟鳥神簽訂的契約，再依照契約內容看有無可以破解的方式就可以了。」瓦萊特說。

「契約……品璇公主，請問妳知道這份契約嗎？」娜塔莎問。

「我不知道……」思緒還處在混亂狀態中的品璇公主，扶著自己的額頭無奈的說。

第八章：原委

「看樣子我們得再次前往皇宮了。」費爾斯分析著眼前的情況說。空氣變得安靜，兩位公主都別過頭不願意看見彼此。

「我覺得我們最好先讓她們兩位冷靜一下。」娜塔莎小聲的在費爾斯耳邊說。

「沒辦法，先回別墅吧！」費爾斯聳聳肩，往別墅的方向走去。

「品禎公主、品璇公主，我知道妳們現在的心情很沉重，但妳們畢竟從出生到現在都還沒有面對過彼此，趁這個機會去看看妳們雙方有多相同、以及有多不同吧！」娜塔莎伸出手，拉起蹲在地上的品璇公主，又帶著她走到品禎公主面前說。

兩位公主抬起眼眸，跟彼此對視到的那瞬間又別開了視線。

就這樣一行人慢慢的散步、走在回費爾斯別墅的小路上。

♟

「公主們的故事已經有個大概了，但你就是怎麼樣都不願意告訴娜塔莎真相？」瓦萊特小聲的在費爾斯耳邊說，救怕被走在身後的娜塔莎聽見。

「告訴她？你沒看見那兩個公主得知真相之後的樣子嗎？綠髮說她有受過心靈上的訓練，反應沒那麼大，當然也有可能她早就從她爸那裡得知些什麼了，但你看那個紅髮的整個攤在地上，現在內心一定各種小宇宙在爆發、在打架。」費爾斯說。

「所以你覺得娜塔莎會受不了這個打擊？」瓦萊特瞇眼問道。

「她何止受不了？搞不好就此不想回到那邊的世界咧！要是讓她知道她的媽媽

代替莉狄亞受罰並成為迷霧世界的養分，是你的話會怎麼想？」費爾斯給了瓦萊特一個白眼。

「但她搞不好知道之後就會許願一切回歸正常啊！」瓦萊特說

「她最好現在還不要知道，等任務完成後，我自然會看狀況再決定要不要告訴她。」費爾斯說。

「但如果她不知道真相，我們永遠無法讓莉狄亞回來。」瓦萊特說。

「就算她知道真相，莉狄亞也不一定回的來。」費爾斯說。

「所以我們才要訓練她成為比莉狄亞更強大的人。」瓦萊特說。

「莉狄亞……我萬萬沒想到像我們這樣的人居然可以搭上火車離開這裡……」

費爾斯壓低聲音說。

「其實本來就可以，找到代替自己的人就可以，不過運氣要夠好，那個人必須跟自己是以相隔一百年為單位，並且在同月同日同時同分出生，而且自己的身心靈能力都要比對方強大就可以。不然如果代替者比自己強大，你只能被當作肥料種在這裡。我還會幫你每天澆水祝你早日開花。」瓦萊特輕蔑的笑了笑說。

「你這傢伙！」費爾斯伸手勾住瓦萊特的脖子，

「咳咳咳！有話好說不要動手！我脖子要斷了！」瓦萊特用力的掙脫費爾斯的手。

「你是巫師，斷不了。」給了一個白眼並暗示瓦萊特小聲點，費爾斯往後看了一眼娜塔莎。

「如果她知道她媽媽為了要救她而犧牲的話，不知道會怎麼想……」瓦萊特說：「娜塔莎事件根本就是這次丹契王朝的翻版。」

「這就是迷霧城市選擇她最主要的原因吧！」費爾斯說。

「我有件事情覺得很好奇，如果不問我覺得我會徹夜難眠、減少壽命、痛苦不堪，我可以問嗎？跟莉狄亞有關。」瓦萊特說。

「那你熬夜好了，最好不要活太久，也最好痛苦過一遭，這樣我心裡會好一點。」費爾斯笑著說。

「你是心理變態嗎？」瞇著眼，瓦萊特很想給眼前的友人一拳。

「我不是啊！你才心理變態。」費爾斯大笑著說。

「咳咳，我是要問你還會念舊情嗎？」瓦萊特瞥了費爾斯一眼後問。

「不會，我跟她沒有什麼舊情可以念，從她選擇背叛我並利用我逃出迷霧世界的那一刻開始，我跟她就結束了，沒什麼好留戀的。」費爾斯收起笑容，嚴肅的說。

「虧你們以前還那麼好，一起跟城市守護者過了這麼多關任務。」瓦萊特聳聳肩說。

「我到現在還是不明白為什麼莉狄亞會知道娜塔莎的媽媽是可以代替自己的那

個人。」費爾斯不解的說：「我就遇不到可以代替我進來的人。」

「你們在聊什麼啊？」娜塔莎此時突然出現在兩人的身後，大聲的問。

「啊——」兩個大男生就這樣被突如其來的娜塔莎嚇了一跳，畢竟在討論「虧心事」的時候，還是不要在主人公面前說比較好啊。

「從剛剛開始就一直在滴咕什麼啊？我怎麼隱約聽到我的名字好幾回？」娜塔莎好奇的說。

「唉呦喂呀！我的小心臟。」摸著左胸口，費爾斯驚慌失措的說。

「幹嘛？說我壞話喔？」娜塔莎一臉茫然的問。

「誰要說妳壞話啊！妳知不知道人嚇人會嚇死人？」費爾斯大聲的說。

「你們是人嗎？據我所知瓦萊特是巫師，你是……人嗎？從先前的對話來看，你沒有一千也有五百歲了吧？是怪物嗎？」娜塔莎半開玩笑的說。

「欸，娜塔莎，我有事情要問妳。」在一旁看笑話的瓦萊特開口說。

「問一次五百。」娜塔莎伸出手說。

「五百？妳在跟我要錢嗎？」瓦萊特傻眼的說。

「對啊！總覺得雖然我是來執行任務的，但任務費卻少得可憐，怎麼樣都要拿一點回本。」娜塔莎一臉精打細算的說。

「好啦！先記在牆壁上，費爾斯會替我出。」瓦萊特看了一眼費爾斯笑著說。

第八章：原委

「那你要問我什麼？」娜塔莎收起伸出的手，一臉正色的問。

「試想如果妳是品禎公主，面對這樣的狀況妳會有什麼想法？」瓦萊特問。

「嗯……我想想喔……如果我是品禎公主的話……也許會很想要跟妹妹變親近吧！畢竟是獨一無二的妹妹，就算沒有一起成長，好歹也是親生血緣。」娜塔莎說。

「那如果妳是品璇公主呢？」瓦萊特問。

「嗯……如果我是品璇公主的話，受的刺激會大一點吧！畢竟從小就被一直灌輸是家人不要我的念頭，如今真相大白，會覺得我這些年到底在浪費什麼時間在憎恨誰，會覺得自己恨錯人的感覺，充滿悔恨跟慚愧吧！如果時間可以重來……啊算了！費爾斯說就算時間能重來，當時的我也改變不了什麼，因為我沒有那種能力跟力量，與其這樣不如就讓時間慢慢帶走哀傷吧！都說時間是最好的療傷劑。」娜塔莎笑著說。

「那我再問妳唷，如果有一天妳發現自己身邊的姊妹不是親姊妹，而是運用幻術讓妳對自己的人生產生錯覺，但其實那個人是殺害妳父母的兇手，妳會怎麼辦呢？」

「啪！」瓦萊特才剛說完，就被費爾斯從後腦勺狠狠的打了一下。

「你不要問廢話，這樣我要給很多錢。」費爾斯半開玩笑半耍狠的說，不過他更擔心的是讓娜塔莎提前得知了事實的真相。

但是瓦萊特才不顧費爾斯的阻止，反而越問越深。

「這個問題跟這次的任務怎麼有一種連不上的感覺？」娜塔莎疑惑的問。

「就是假設妳是品禎公主，而妳發現品璇公主不是妳的親妹妹，而是運用幻術讓妳以為她是妳的雙胞胎妹妹，還殺害了丹契皇帝跟皇后。如果妳是品禎公主，妳會怎麼辦呢？」瓦萊特換個方式說。

「嗯……因為我還沒遇到這樣的事情，但光想像就覺得很混亂……先說品璇公主從小就被鳥神教育自己才是唯一的繼承者，所以她想取皇帝與皇后性命也是憂傷過度導致的恨，如果使用幻術讓品禎公主認為她們是雙胞胎，我想這應該也會是鳥神指使的吧……」娜塔莎深思熟慮之後回答。

「嗯……她完全站在兩位公主的角度來理性的分析這件事，看樣子就算告訴她真相，她也不會是現在這樣的反應。」瓦萊特小聲的對費爾斯說。

「雖然被指使或被洗腦很可憐，但畢竟弒親是大罪，她需要得到她應該有的懲罰，誤信小人也是一種罪。可是如果她是出自於自願，去做這些逆天之事……」娜塔莎握緊拳頭說：「那她就應該得到該有的制裁。」

聽完娜塔莎的話，費爾斯跟瓦萊特互相看了一眼後就沒有再說話了。

他們知道這個真相一定沒辦法被娜塔莎接受，依照她現在說的話來看，她一知道真相不是崩潰就是喪失理智去找莉狄亞算帳了。

第九章：雙魚與鴛鴦

「得想辦法讓她們兩個言歸於好。」得知公主們故事的來龍去脈之後，娜塔莎想起自己跟莉狄亞的過往，雖然常常覺得莉狄亞跟自己不親近，但畢竟沒有父母的這二十年來都是她陪在自己身旁，不管自己是無理取鬧還是大發雷霆，當姊姊的她總是全盤接受。

娜塔莎知道公主們的靈魂有著太多的痛苦，如同自己的內心一樣，為了拯救城市和兩位公主，她必須找出能讓她們和解的方法。

不去在意剛剛瓦萊特的問題，娜塔莎現在一心只想要快點解決這次的任務，然後回到原本的世界。

♟

經過一夜的沉澱，隔天大家又再次來到城市中央並進入宮殿，而這次，僧侶們倒是裝作沒看見的就讓他們通過了。

「這次怎麼沒阻止我們啊？」娜塔莎不解的問。

「因為他們怕痛。」瓦萊特笑笑地說。

「我倒是覺得他們怕身體的器官或是部位減少短缺吧……」頭上冒出三條黑線，娜塔莎說。

一行人進到御座大殿時，發現許多帶有寓意的成對護身令牌，而為了使仜務更能順利的進行，瓦萊特開啟了心靈之眼。

「有了這些成對的護身令牌幫助，也許能提醒這對孿生姊妹：她們是血肉相連的。畢竟有個姊妹也是一種運氣。」瓦萊特的聲音變的纖細，是上次聽到的女聲。

「我倒不覺得這是運氣……」娜塔莎喃喃自語道。

「在古代的中國，成對的魚靈氣活現而又捉摸不透，牠們互不分離如同兩姊妹一樣，被視為幸運的象徵；而鴛鴦則被視為忠貞不二，也是友好寧靜的生物。只要有了這兩對護身令牌，兩位公主的銳氣都能稍微減緩，畢竟不能有情緒才能好好坐下來談話。」心靈之眼藉由瓦萊特的口開啟專業的解說：「就丹契王朝的這個家族而言，一定存在著某個程度上的誤解，加上這個朝代的現在時間是農曆的大除夕，皇朝祖先慈善英靈的魔法比任何時候都強大，我相信祂們會幫助她們的。」

「此等無稽之談啟能補償我被出賣之痛、豈能讓已死去的心起死回生、讓妄語消散無蹤？成對動物雕像？我呸！我看是你們想要故意傷害我吧？此銅製鴨子才不能了解我的孤獨，我的周遭都是惡魔之輩……」品璇公主不屑的看著瓦萊特說。

「妳是個自私自利的侵略者，哪有懂孤獨之理？我長年處於深宮之中，無時無刻均飽受孤獨之苦。我的靈魂有一半空空如也，恍如妳在出生之時已經失去。穿著華美之僕人空群而出，卻僅為我帶來無盡空虛。退苦之罪，莫過於此！」聽到品璇公主不屑的話，品禎公主青綠色的瞳孔滿是憂傷。

「說我自私自利？妳又好到哪裡去？非得要來一決高下才能使妳信服啊！」激

不得的品璇公主右手一甩，丈八蛇矛立刻出現在手上，身上的甲冑再度燃起烈紅的火焰。

「看樣子妳被洗腦的太徹底，我賭上慈愛青龍之名，勢必將妳拿下。」品禎公主也是右手一甩，一把青龍偃月刀立刻出現在她的手上，身上也重新換裝上綠色戰袍，一條小型的青龍纏繞在品禎公主的身上。

「妳們都冷靜一下啦！我們現在是要來解決問題，不是要製造問題耶！」娜塔莎緊張的說。

「世上也許有人喜歡孤獨，但並沒有人能夠承受孤獨，妳們現在打起來的最根本原因就是少了另一半後，彼此都無法理解自己是多麼孤獨。」費爾斯在一旁說。

「如果只想用打架解決事情，那把所有人石化的丹契皇帝就太可悲了，妳們的父親是多麼希望妳們兩個能夠相知相惜的相處下去。」娜塔莎補充說道。

「……你們說的對，我不能辜負父皇的期待，他會將我丹契王朝整個石化就是不想看到傷亡，我這麼做完全沒有意義。」品禎公主沉默數秒後便收起手上的武器，高昂的情緒也慢慢地回到原本的平常心。

「父皇……我從出生到現在，從來就沒有喊過一次皇帝跟皇后為父母……」品璇公主的甲冑依然燃燒著烈火，那說明她並沒有讓自己消氣。

「品璇公主，看了卷軸之後妳應該知道丹契皇帝縱使要以天下為重，但他有多捨不得把妳交給南方鳥神，她知道妳一去就是凶多吉少，妳現在能夠平安回來他看到了一定很開心，字裡行間妳看的出來他有多少無奈跟痛苦，我希望妳不要無視這樣的父愛。」娜塔莎說。

「雖然我是在妳攻打進來的那一天才知道妳的存在，但我看的出來父皇跟母后談到妳的神情是充滿懊悔與期待的，懊悔把妳交給南方鳥神、導致我們姊妹衝突，卻又期待看到十幾年沒有看見的妳，想知道妳是否安好。」品禎公主慢慢的道出戰爭那天丹契皇帝與皇后的樣子。

「我卻一次都沒有見過他們的樣子……從懂事以來身邊就一直是黑黑紅紅的惡魔怪物，鳥神雖然對我很好，但卻感受不到身為火的溫暖……」甲冑的烈火稍微變小，品璇公主的眼裡盡是哀傷。

「妳的溫暖讓我給妳吧！讓我代替丹契王朝彌補妳這些年來的孤獨、讓我代替父皇和母后給妳無窮無盡的愛、讓我盡到一個身為姊姊的責任吧。」品禎公主伸出手，臉上的笑容是那麼溫暖又慈愛，一如她的守護神——春之青龍一樣。

品璇公主看著眼前的孿生姊姊，內心狠狠的被動搖了。

「是啊……我這麼多年來渴望的就是這個……一雙溫暖的手能夠拯救我離開那個地方、能夠撫平我心中的傷痕……」內心其實很脆弱的品璇公主將身上的火焰都消熄後，也向品禎公主伸出了手。

「我們先找出雙魚和鴛鴦護身令牌吧，瓦萊特會幫助妳們的。」娜塔莎看到品禎公主牽起品璇公主的手，她開始可以理解這種需要被愛卻又害怕自己被遺忘的感覺了。

接著一行人開始搜索大殿，品禎公主運用慈愛的龍之力帶來溫柔的春風；品璇公主也使用雀鳥之力帶來炙熱的夏風，姊妹合作將大殿的石化現象開始慢慢溶解。

雖然沒有辦法把士兵跟惡魔大軍的雕像也一併化開，但整個大殿已經恢復到被石化之前的樣子了。

「果然姊妹同心，齊力斷金呢！」娜塔莎看著這個現象忍不住拍手叫好。

「找到了！是這個！」費爾斯此時從皇帝與皇后的龍鳳椅後拿出兩道令牌，一張畫著一對鴛鴦，另一張則為一對雙魚。

「沒錯！快給我！」瓦萊特接過費爾斯手中的兩張令牌，腳下的五芒星光陣立刻啟動，依然散發出耀眼的紫光。

接著兩位公主應聲騰空飛起，分別在瓦萊特的左右兩旁，全身都被紫光滿滿覆蓋住。

瓦萊特依然口中念念有詞，這次咒語的發音聽起來很像「烏鴉黑，烏鴉黑，烏鴉是白還是黑」

接著兩條魚和兩隻鴛鴦各從令牌裡「游」出來，一左一右的環繞在公主們的身邊。

「只有我覺得很可怕嗎？這樣很像寄生蟲……」娜塔莎在費爾斯耳邊輕聲地說。

「只有我覺得妳的覺得很噁心嗎？寄生蟲的概念是哪裡來的？」費爾斯在娜塔莎耳邊輕聲地說。

「……」娜塔莎聽完後不發一語的繼續看著瓦萊特，「會這樣跟他說是我的失誤，我忘了他根本不能溝通。」她心裡這麼想著。

看著眼前的雙魚和鴛鴦，費爾斯的思緒被拉到好遠好遠……

那時候的迷霧城市裡有兩個能力相當的律師兼偵探，一個就是玉樹臨風的費爾斯，一個則是野心強大的莉狄亞。

他們號稱是迷霧城市的雙魚，說的話、做的事都靈活靈現又捉摸不透，每次執行任務都如魚得水如同直接開外掛一樣的，幫助城市守護者回到原本的世界。

他們也被稱為迷霧城市的鴛鴦，沒有任何一對情侶能像他們一樣如此有默契又忠貞於彼此。

但是好景不常，在幾千年過去之後，愛情終究還是產生了變化。

「我受夠這裡了，我要出去。」狠狠一拍桌，莉狄亞站起身來抱怨道。

「莉狄亞，我們出不去的。」在一旁的費爾斯靜靜的喝了一口咖啡後說。

「只要我找到符合條件的人，就一定出的去。」

「一百年只有一次機會，我們錯過了好幾百年都沒有遇到這樣的人，妳要出去談何容易？我們在這裡不是好好的嗎？看城市會需要我們解決什麼任務、帶來什麼守護者，只要完成這些……」

「費爾斯，我不想要一直待在這無聊的世界，要什麼有什麼，我說了我要出去，我、要、出、去。」用幾乎是大喊的音量，莉狄亞不悅的說。

「那妳有什麼計畫嗎？要找到這樣的人並不容易呢……」費爾斯話剛落下，迷霧車站就響起了火車進站的聲音。

「守護者到了，先把任務解決了再說吧。好嗎？」在費爾斯好說歹說之下，莉狄亞半推半就的前往迷霧車站。

這一次來的守護者是一名男性，依照慣例看起來徬徨無助、依照先例對迷霧城市感到十分不解。

「你們說我只要結束這個任務，就可以回到現實世界去，對嗎？」男子問。

「是的。」莉狄亞不屑的回答，她已經回答了好幾萬遍，她真的膩了。

「還可以帶走一個心願，對嗎？」男子又問。

「對，要講幾次？」莉狄亞的不耐煩沒有讓男子打退堂鼓，反而讓他更加想要快速完成任務。

第九章：雙魚與鴛鴦

「嘿嘿，不好意思，我真的會認真完成這次的任務的！」男子堅定的說。

「是什麼心願讓你這麼渴望達成？」莉狄亞在一旁問，雖然前前後後來了很多守護者，但這麼積極的人還是第一次。

「我這次完成任務回到那邊的世界後，要幫我太太慶祝，她現在懷孕了，有我們的寶寶，是個女孩兒，我覺得出生後一定很像她媽媽。」男子完全沉浸在幸福的喜悅裡面。

「哦？恭喜你。」莉狄亞沒有靈魂地替眼前的男子道賀。

「如果母女剛好可以在同一天生日就更完美了。」男子笑著說。

「請問你太太是什麼時候生日呢？」莉狄亞托著下巴問。

「六月五號。」男子說。

「六月五號？」莉狄亞一聽到這個日期，眼睛都亮了。

「是……是的！就在下週五。」男子開心的說。

「你太太是不是在西元一千九百八十七年的六月五日下午四點三分出生的？」莉狄亞抱持著一絲希望問。

「妳怎麼知道？她的生辰八字非常好記，就是一九八七六五四三！」男子還沒有發現眼前的莉狄亞眼神已經變的不一樣了，開心的說著。

「根本就是上天給我的禮物！」莉狄亞壓抑著心中的激動並看著眼前的男子，

露出陰險的微笑。
因為一千年前的這個日子、這個時間就是莉狄亞出生的時候。
接著她跟男子一同前往廣場中央的任務地時，把他一個人留在充滿生猛野獸的禁地裡，想也知道結果是什麼。
「迷霧城市會感謝我多送它一份養分的。」手上拿著記錄著男子太太的姓名與地址的小抄，莉狄亞冷血的看著被風化後漸漸消失的任務。
而且因為任務沒有完成，所以造成迷霧城市以天災的方式降臨了現實世界著名的南亞大海嘯事件。
在那之後，莉狄亞一直找機會要搭上離開迷霧城市的列車，但能搭上列車的僅有身為首席律師的費爾斯，原因就是掛在他胸前的那條隱形項鍊，若非碰到血水是不會輕易現形的。
這就是迷霧城市給首席的特別待遇，讓他可以搭上離開的火車，但依然跟其他市民一樣，離不開迷霧城市，換言之，他最多也只能搭上列車，卻下不了除了迷霧車站以外的車站。
當然為了要離開這裡，她必須設法讓自己跟男子的妻子搭上同一班車，同時也為了拿到這條隱形的項鍊，她必須要設計自己的戀人。
但是機會總是要來不來的，男子的妻子在現實世界生下女兒之後並不常搭火車，導致莉狄亞完全沒有機會接近她，就這樣過了將近九年的時光。

某天莉狄亞興致沖沖的約了費爾斯喝下午茶，看著眼前的莉狄亞，費爾斯說出自己這段時間感覺她又回到以前的樣子：「我覺得很久沒有聽到妳說要離開這裡了。」

「認命了。」為了不讓費爾斯起疑心，莉狄亞還是表現出一副冷酷的樣子。

「是嗎？我很高興妳終於想開了，其實待在這裡也沒什麼不好，對吧？」費爾斯的語氣掩蓋不了自己喜悅的心情。

「嗯，我明天要去車站接守護者。」莉狄亞說。

為了明天，她已經等了將近九年了，雖然跟過去等了好幾百年相比，這九年只是一眨眼罷了。

「祝妳一切順利。」費爾斯笑著說。

「老掉牙的話就別說了，我今晚可以在你的別墅留宿嗎？」莉狄亞沒有表情的問。

「隨時歡迎妳，要睡客房還是我的房？」費爾斯露出一個壞笑問。

「客房。」不給費爾斯一點機會，莉狄亞立刻做了決定。

「這樣別人會相信我們是好幾百年的情侶嗎？」半瞇著眼，費爾斯無奈的說。

雖然這九年之間沒有再聽到莉狄亞發牢騷，但他總覺得她越來越冷淡了。

「好吧！那我今晚睡你房間。」托著下巴，莉狄亞長長的睫毛眨了下，接著露出似笑非笑的表情。

如同費爾斯的感覺一樣，其實莉狄亞的心思已經不在他身上了，說要同寢也只是瞄準他脖子上那條隱形的項鍊罷了。

「如果你受傷，不可以怪我喔！」莉狄亞輕哼了一聲後笑著說。

第十章：金龍與鳳凰

就在瓦萊特施完咒術之後，兩位公主隨著氣流降落到地面，緊閉的青綠色雙眼及血紅色雙眼同時在雙腳碰到地上之後，緩緩的睜開。

「對我而言，父皇就是君主的榜樣，他將朝廷管理之道授於我，告訴我：國即是家，但就算父皇靈魂深處愛著我，卻有一可怕的祕密橫於我們之間。其實……家才是我所嚮往的，而不是那頂皇冠。」品禎公主的臉上盡是憂傷的說道。

「我在軍事訓練之時，習得君主必將國家置於己命之先，我十分欣賞此等君主，即便我是這樣君主的犧牲品亦然。縱使我可置死怨恨一切……父皇……姊姊……母后……」血紅色的雙眼垂下細長的睫毛，品璇公主的語氣中帶有很多的遺憾。

「兩位公主在嬰兒時期就被逼分離，二人都受到嚴重的心理打擊。她們就算有各自的守護神，內心還是充滿不安。」瓦萊特在一旁看著兩位公主沮喪的神情說。

「難道就沒有什麼辦法嗎？你剛剛不是把護身令牌輸入到她們腦中？沒有效嗎？」娜塔莎急著問。

「她們現在沒有拿著武器說要互相傷害就是令牌起效果了。」癟了癟嘴，瓦萊特不以為意的說。

「雖然護身令牌起到一定的作用，但可惜她們身邊已經沒有愛著她們的雙親，不然就能令公主們學會憐憫。」費爾斯站在一旁說。

第十章：金龍與鳳凰

「瓦萊特，你不是會召喚靈魂嗎？沒有辦法召喚丹契皇帝跟皇后嗎？」娜塔莎在一旁說。

「妳以為心靈之眼是想召喚誰就可以召喚誰的嗎？」眼睛瞇成一條線，瓦萊特不悅的說。

「我以為你的心靈之眼很厲害，想找誰都找的到。」聽起來有點真心卻也有點像是挑釁的語氣，娜塔莎在一旁老神在在的說。

「哇塞，妳現在是小看我的心靈之眼嗎？」瓦萊特貌似被激將法激到了。

「我沒有小看的意思，我只是覺得心靈之眼做的到。」娜塔莎默默地又補了一槍。

「心靈之眼的確很強大，古往今來它想知道的事情沒有一件是可以隱藏的，無論是過去、現在還是未來。但心靈之眼並非萬能，不是想召喚誰就能召喚誰……」瓦萊特邊說邊從巫師袍裡拿出一顆紫色的水晶球。

「只要搭配這個，再加上祭品，心靈之眼就可以召喚任何想召喚的靈魂。」瓦萊特說。

「這顆彈珠？」娜塔莎疑惑的看著眼前的「水晶球」，她怎麼看都覺得它是一顆放大的彈珠。

「咳咳，是水晶球。」瓦萊特嘆了口氣，接著把水晶球往空中輕輕一拋。

整顆水晶球開始發出微弱的紫光，接著光芒越趨耀眼，瓦萊特此時叫出了心靈之眼。

「與我簽訂契約之寄宿者，速速現形於水晶之中，帶來我召喚之靈。」瓦萊特口中唸著咒語。

只見心靈之眼射出一道光貫穿整顆水晶球，接著打在御前大座的牆壁上，一條龍與鳳的圖紋中間。

接著整個大殿微微震動，天花板上掉下碎沙及小碎石，牆上的龍與鳳開始發出金光。

空氣中一陣波動，「吼——」一聲巨吼隨後響起。

「丹契王朝最後一代皇帝與皇后，透過象徵幸福安康的鳳凰與象徵皇權至上的金龍，速速前來。」瓦萊特大聲的叫出召喚的魂，接著整個大廳充滿了金光與紫光。

「唔——」一陣低吼，接著一條蛇纏著一隻烏龜的圖紋出現在牆壁上，接著一隻白虎躍過，一同印在牆上。

「經過了許久，狂亂稍停了嗎？」一個低沉穩重的男聲從圖騰之中傳來，接著一個青黑色的靈魂從牆面浮出。

「西方之神是否允諾我們的公主們一切安好呢？」溫柔慈愛的女聲在之後響起，接著一個白色的靈魂跟隨著青黑色的靈魂從牆面浮起。

第十章：金龍與鳳凰

「啊！」品禎公主一聽到那兩個聲音，立刻單膝下跪請安：「兒臣青龍祭司，丹契王朝品禎公主參見父皇母后。」

「父、父皇？母后……」一旁的品璇公主則是顫抖著身體，並往後退了一步。

「我親愛的女兒，妳可一切安好？」丹契皇帝的靈魂逐漸顯得清晰。

「兒臣託父皇的福，在戰爭中保住了性命。」品禎公主站起身說。

「太好了……」丹契皇后的聲音響起，接著她的靈魂也越來越清楚。

「妳……品璇？」接著皇后發現與品禎公主有一樣臉孔的孩子站在不遠處，不安的神情、顫抖的身體、惶恐的眼神都讓皇后愣住好一陣子說不上話。

「丹契皇后，這是您朝思暮想的小女兒啊！」娜塔莎見狀，急忙把品璇公主推上前說。

「妳是品璇……太好了……妳沒事……」摀著嘴，丹契皇后淚眼汪汪的雙眼堆滿了淚水，一個不留意，眼淚如同彈珠一般滑落雙頰。「白虎之神允應了我的希望……」

「朕的女兒……」丹契皇帝愣了一下之後，慢慢地走上前伸出手想要抱抱眼前的小女兒，但後者卻往後退了好幾步。

「當初為什麼要犧牲我？」品璇公主血紅色的眼睛瞬間布滿血絲。

「品璇……」皇后在後頭皺起眉頭，滿是歉意的看著熟悉卻陌生的小女兒。

「遺棄我、讓我從小就一點父愛與母愛都感受不到，如今已經是靈魂了才要來跟我說你們有多在乎我嗎？」品璇公主哽咽地喊著說。

「朕的決定也是很沉痛的……」丹契皇帝別過頭說。

「我譴責你的沉痛決定……你的王朝會變成這樣都是你一手造成的！」品璇公主大喊，但淚水已經如同傾盆大雨般佈滿雙頰。

「我們真的對不起妳……但當時真的沒有辦法拿所有王朝的子民去賭……」皇帝說。

「所以你就犧牲我？為什麼是我？為什麼——！」歇斯底里地大喊。品璇公主這幾年來沒有受到的疼愛以及所受的委屈，她要一次說個夠。

「你確定讓公主見到皇帝皇后是正確的決定嗎？」娜塔莎問。

「只有父母的出現可以讓公主們態度軟化，再加上若要令公主們冰釋前嫌，她們必須感覺到皇帝的父愛以及皇后的母愛才行。」費爾斯小聲的在娜塔莎耳邊說。

「但現在品璇公主一點也感受不到父愛吧……」娜塔莎頭疼的問。

「這要看丹契皇帝怎麼說服自己的女兒了。」費爾斯說。

「父皇一直以來都是我的導師、軍事上的元帥，父皇沉靜拘謹、不可動搖，如同萬里長城一樣，妳看過父皇的御筆，難道就不能知道父皇當初有多麼無奈與沉痛嗎？」品禎公主走上前對著妹妹說。

「品璇，朕不想失去妳，所以這些年總是派了許多探子到南方鳥神所在之地，想知道妳是否一切平安，無奈派去的探子從來沒有回來過……」丹契皇帝難過的說。

「妳父皇雖然不能為了妳放棄國事，但他也沒有為了國事而放棄妳，他知道跟鳥神簽訂的契約無法違反，所以才偷偷派探子過去看妳過的怎麼樣。」皇后也在旁邊幫忙說道。

「擔心妳吃不飽、睡不暖、一個人在外面會不會發生什麼事、鳥神對妳好不好、周圍都是什麼樣的伴等等，朕只要想到妳就覺得坐立難安吶。」丹契皇帝皺著眉說。

「咳咳，容我插個嘴。」一口女聲的瓦萊特，對！就是心靈之眼，在此時開口了：「品禎公主、品璇公主，妳們知道為什麼只有被石化的兩位得以復活嗎？」

「……」一陣沉默。

「因為妳們的父親——丹契王朝的皇帝在戰爭的尾端合併四風守護神的護身符，並相信妳們作為自己的後人，會在很久之後重新拯救丹契王朝。」心靈之眼說。

「也拯救妳們自己的靈魂不再受到束縛。」費爾斯在一旁補充道。

「這完全是對妳們的信任，再來妳們知道為什麼只有兩位沒有喪失生命嗎？」心靈之眼繼續問。

姊妹兩個相覷一眼後搖搖頭。

「因為妳們的母親——丹契王朝的皇后在戰爭的尾端向自己的守護神——西秋白虎許下保妳們姊妹倆平安無事的願望，運用白虎之力……」

「白虎之力！」幾乎是異口同聲，兩姊妹驚訝的看著站在丹契皇帝身後的母親。

身為各個守護神的祭司，就算再怎麼被復仇蒙蔽雙眼，也一定知道借守護神之力是需要很強大的代價——付出自己的生命。

所以青龍之力、朱雀之力、白虎之力、玄武之力向來都是祭司們不敢也不願意去碰觸的強大力量。

「她犧牲了自己，換得妳們安好，這是身為一個母親最後能為妳們做的事。」

「母后……」品禎公主不可思議的看著丹契皇后。

心靈之眼說。

「為什麼……明明不要我……卻又犧牲自己換我平安……這是什麼跟什麼……」品璇公主的心正一點一滴的被融化，在惡魔軍團中長大的她，從來都沒有感受過被疼愛。

「只要妳們平安無事就好……我願用我的生命換取妳們一生平安。」皇后慈愛的笑著，那笑容完全沒有任何後悔與遺憾，這就是身為母親的偉大。

費爾斯看著這一幕，內心百感交集，因為丹契皇后的話跟那個女人被泥土埋沒之前說的話，如出一轍、一模一樣。

♟

二十多年前……

「為什麼要答應她？」費爾斯雙眼冷漠的看著眼前遍體鱗傷躺在泥土上的女人。

「我有任何可以反抗的力量嗎？」女人無奈的看著費爾斯，臉上的笑容跟現在那擁有亮黃金捲髮的她，就像同個模子刻印出來一樣。

「為什麼要答應她？」費爾斯再次問了相同的問題。

「自從她來到我家之後，一切都不同了……我以為她只是個可憐的流浪者，好心讓她借宿一晚、讓她溫飽一餐，但我沒想到她會拿小娜來威脅我……」

「妳沒想過要逃跑嗎？」

「逃？我能逃去哪？不管我逃到哪裡，都逃不出她的手掌心，反而會讓小娜陷入危險之中。」

費爾斯什麼話都說不出來，誰叫眼前這個女人這麼倒楣跟「那個人」剛好在相隔七百年的同月同日同時同分出生呢。

「她會遵守承諾吧？」女人向費爾斯確認，她只剩下三分鐘了。

「不知道她對妳女兒會是什麼心態，但承諾必須要遵守，這是作為交換的條件。」費爾斯說。

「她說她會更改小娜的記憶，不會讓她活在痛苦裡……」女人說。

「她這麼說？」費爾斯挑起左邊的眉毛問。

「嗯……而且貌似在我來這裡之前就已經改掉了……我在車站最後一次看到小娜時，她雖然看到我了，卻沒有任何反應……應該是已經忘了我了吧……」女子哀傷的說。

「我不會讓妳的孩子忘記妳的，至少不會讓她在痛苦裡想起妳……」費爾斯故意不讓女子聽到，用極小的音量說。

「只要我的女兒平安無事就好……我願用我的生命換取她一生平安。」女子的眼中盡是不捨，說完，她就闔上了眼睛，任憑四周的泥土、雜草覆蓋在她身上。

「不要對她有愧疚。」以前的女人整個被泥土覆蓋之後，站在旁邊的瓦萊特終於出聲了。

「如果不是我……」摸著胸口前隱隱作痛的傷疤，費爾斯的表情十分凝重，「她現在還在那邊的世界跟女兒好好的生活吧……」

「這怎麼會是你的問題呢？」瓦萊特問。

「如果我沒有告訴莉狄亞離開迷霧城市的方法……如果我早一點發現她已經不對勁了的話……」

「這不是你的問題，這是莉狄亞自己產生了貪念，想要去體驗那邊世界的刺激，這是她選的。」

「可是她破壞了一個家庭、破壞了這個女人能有完整家庭的機會。」

「唉……這女人這樣也算是跟丈夫團聚了，只是中間隔了九年。」瓦萊特拍著費爾斯的肩膀說。

「我幾百年都在過了，沒理由等不了這二十一年……」費爾斯咬牙切齒的說，「等到她三十歲那年，一切都會有名目跟結果的。」

「妳覺得莉狄亞會違反承諾嗎？」瓦萊特問。

「這是她自己選擇的，無論是好是壞她只能自己承擔，她如果不想再回到這個世界，這剩下的二十一年最好對那個小女孩好一點。」費爾斯咬牙切齒的說。

「迷霧城市有自己的規矩，應該說莉狄亞忘記了這個規矩：凡是代替者夫妻都成為迷霧城市的養分的話，其直系血親的子女到三十歲時便能有一次自由進出迷霧城市的機會，而且如果剛好那些子女們許的願望是父母能回到身邊的話……」

「施咒者將回歸到一切的原點。」看著已經平壤的土地，費爾斯此時給了自己一個目標：「無論如何我都要讓她嚐到代價，我已經失去隱形項鍊，除非去挑戰城市，不然我不可能再搭上火車……」

「你要去挑戰城市？」瓦萊特驚呼：「你知道挑戰失敗的後果有多嚴重嗎？」

「就是知道，才要去挑戰。」捲起袖腕，費爾斯堅定的說：「而且我一定會獲勝。」

「賭上首席律師兼偵探的名號？」

「還有我全部的財產。」

「你全部的財產都被莉狄亞帶走了……」

「那就賭上首席律師兼偵探的名號！」

「這名號不值得多少呢……」

「你不說話我會感謝你的沉默，城市巫師。」

第十一章：契約的破綻

「我和妳們的父皇都沒有想過要把妳們任何一人讓出，實在因為情況非不得已，如果當年可以用我來換取品璇的安好，我也會這麼做的……」看著兩位公主的丹契皇后面容十分祥和，這已非一國之后的神情，而是母親看著女兒的溫柔。

「無奈祭司是必須要從一而終，既然妳母后已成為白虎祭司，她便需要忠心於自己的守護神。」丹契皇帝在一旁露出哀傷的神情說：「如同妳們已經各自成為青龍祭司與朱雀祭司一樣。」

簡單的一句話卻道出皇帝最難過的事實。

「效忠不代表要互相傷害吧？」娜塔莎站出來說。

「不……這是我當初與鳥神簽訂的契約，你們看看吧！」丹契皇帝將右手手心向上舉起，隨即一陣氣流漩渦凝聚在皇帝的掌心上。

一份古老的紅色卷軸出現了，綁著細細的紅絲線、散發微微的紅光、外圍有一層火焰包覆著。

「這個火……」品璇公主一見便愣住了，那是自己再也熟悉不過的火光，與自己身上的甲冑之火一模一樣。

「這原本是歷代皇帝與天神所簽訂的合約，在朕即位之時，也蓋上了血印證明朕所掌管的朝代擁有一樣的效力，原本品禎的血印，也將在即位的那天蓋上……」丹契皇帝繼續說：「無奈在品璇出生的時候，鳥神搶先龍神一步來到宮中，兩位守護神長久以來的互相矛盾與牽制，都因為朕的皇后誕下孿生兒而有了解決的方法，只是這個方法……」

看著丹契皇帝一直都沒有笑容的臉，娜塔莎一行人在旁邊也感到十分難過。

接著品璇公主接過皇帝手中的卷軸，一拉開：

神聖契約

陸地、水中萬物均為天所造，君主如是、神祇如是。此契約之封印締結四風所發之誓。神祇不可於人界互相爭戰，言則不可破壞人界。然而若其覓得兩位同等之人，則可使之代其征戰。當二人之一敗於另一人，神祇對決即告終結，二人方可恢復自由之身，千秋萬代亦如此理。

「人類與神簽訂的契約，直到完成之前都無法破解，沒有任何辦法，連神都無法毀約。」在一旁的心靈之眼開口說。

「這是什麼奇怪的契約？只有我覺得怪嗎？」娜塔莎聽完品璇公主唸完契約後說。

「這就是答案。在姊妹之間分出勝負以證明她的神祇力量之前，沒有人能令她們完全言歸於好。龍神和鳥神為了挑起戰爭，長久以來都在等『同等之人』的出現，有什麼人能比孿生姊妹更加『同等』？這就是兩位公主被逼分離的原因，不過如果她們開戰，其中一人便會香消玉殞，或者同歸於盡……」丹契皇帝說。

「不是啊！天庭派四方守護神來守護世界，不就是要維持和平嗎？為什麼又有這種漏洞啊？那就不要維持和平就好啦！」娜塔莎十萬分的不解。

「守護神終究只是『守護』神，祂們是四種靈獸，各有自己的個性，南方鳥神本就激昂好鬥，所有鳥神的祭司也都繼承了好鬥的精神，但好處是丹契王朝只要是鳥神祭司掌管朝代，版圖就會擴大。但是龍神的個性卻與鳥神完全相反，祂斥責鳥神過於好鬥、殺戮無數，不該造成人界如此混亂，長久下來，兩方守護神互相挑起戰爭也只是早晚的事。」心靈之眼在一旁替娜塔莎解決疑惑。

「這是什麼奇怪的守護神？」娜塔莎依然不解，她不懂為什麼被派來維持世界平衡的守護神居然會利用雙胞胎姊妹來一洩彼此的互相矛盾。

「果然這個世界不是完美的，連神都不是。」娜塔莎下了個結論說。

「迷霧世界的守護者呀！朕以丹契王朝的皇帝身分懇求妳，一定要讓我的女兒們和好如初……」彷彿是心靈之眼已經快到極限了，丹契皇帝與皇后的身形漸漸的變淡。

「我的女兒們，父親與母親的心情不懇求妳們諒解，但只求妳們不要互相矛盾……」丹契皇后消失之前來到兩位公主前面，雖然公主們感受不到母親的觸感，

第十一章：契約的破綻

卻能感受到一股暖流般穿過她們身上。

這是母親給女兒們最後的擁抱，接著兩個靈魂便消失在空中，而就在消失的瞬間，皇后的后袍從空中緩緩飄落，落在兩位公主面前。

父母親消失後，兩位公主始終低著頭看不見表情，但接下來的畫面卻讓所有人都傻在原地。

只見品禎公主的身後出現了一條張牙舞爪的青龍、品璇公主身後出現了一支眼神銳利、翅膀撲張的朱雀，接著兩人右手往右下四十五度的方向一甩，青龍偃月刀與丈八蛇矛便現形在兩人手中。

「妳們……現在該不會要打架吧？」娜塔莎頭上出現超多黑線。

「朝代已亡，父皇與母后都已離開，只剩下我們的守護神還在，既然簽訂了契約，就致死都要遵守，這是身為祭司的職責。」看不見品禎公主的臉部表情，但卻能看見她的雙頰滑過兩行淚水。

「縱使鳥神有再多不是，我已是與其簽定契約的祭司……畢生都要為祂效力、只忠心於祂……」同樣低著頭的品璇公主也滑過兩行淚水。

「不是吧……」娜塔莎看著眼前發出綠色與紅色氣場的兩位公主，心中燃起一股不祥的預感。

「看樣子在她們一決高下之前，我們什麼都不能做。」費爾斯在一旁一臉看好戲的樣子說。

「欸欸欸！妳們等一下！我們一定會有辦法可以解決的，不需要透過互相打架吧……」娜塔莎說。

一般姊妹們吵架了不起就是抓頭髮、互相拳打腳踢，打輸了自己去旁邊哭一哭，回來之後還是姊妹情一樣好，到底是哪對姊妹打架會抄武器的啦！

「沒有解決的辦法了……剛剛品璇唸出的契約已經是解答……」品禎公主抬起頭，青綠色的眼眸滿是哀傷，當她聽完契約內容之後，早已對世界沒有任何留戀。

「現在解決辦法只剩下兩個……」品璇公主也抬起頭，與姊姊不一樣的是，她的眼神充滿堅定。

「她們要打起來了喔！妳要不要快點想個辦法啊城市守護者，這樣下去連妳都會變成城市的肥料喔。」費爾斯在一旁，果然也是用著看好戲的語氣說。

「辦法……對！我要快點想辦法……啊！在我想到辦法之前，不能先用上次那個彈珠還是什麼石頭的先把她們鎖起來嗎？」娜塔莎抓著費爾斯問。

「我也不是沒想過這個問題，但妳看那邊——」順著費爾斯的眼神望去，娜塔莎看見已經體力不支倒在地上的瓦萊特。

「不是吧！城市巫師怎麼那麼弱——」娜塔莎哭笑不得的看著眼前不知是暈過去還是睡著的城市巫師，她覺得自己也很想哭。

「他可是一次召喚了兩個靈魂耶！妳知道兩個靈魂要消耗的體力有多大嗎？」費爾斯半瞇著眼說。

「我不是巫師，不知道是正常的吧！」娜塔莎無奈的說。

「除了對決，的確還有另一個辦法。」品禎公主舉起青龍偃月刀，順勢架在自己的脖子上說：「不是要分出高下嗎？只要我死，品璇就有辦法活下去了……」

有人說，雙胞胎會有一種莫名其妙的心電感應。

「只要我死，姊姊就有辦法活下去了……」幾乎是同時做出一樣的舉動，品璇公主也把自己的長矛對準自己的心臟。

「欸欸欸！不對不對！這不對啊！妳們不是本來要打架嗎？怎麼變成要犧牲自己啊？欸欸欸！自殺不能解決事情，自殺只會讓留在世界上的人感到難過，妳們不是姊妹嗎？不要讓留下來的那一個帶著一輩子的傷痛過生活啊！自殺真的不能解決問題啦！」娜塔莎完全傻眼，徹底傻眼，她萬萬沒想到兩位公主都居然要犧牲自己來換取另一方安好，這跟古代她們的父母親做出的舉動有什麼差別嗎？但現在是現代啊！我們要用更文明的方式解決事情才對。

「欸欸，費爾斯，你快點打給張老師自殺防治專線一九八〇或是生命專線一九九五啦！」娜塔莎揪著費爾斯的領子前後不停搖晃的說。

「妳在講什麼？還有，不要再晃了！我超暈的……唔……不行了，要吐了……」費爾斯摀著嘴，眼神死的看著眼前力氣挺大的女子說。

「吐一吐記得去打專線，一定有辦法可以解決她們之間的矛盾，不要開玩笑了，我絕對不會讓妳們任何一個人喪失性命的！」娜塔莎彷彿想起什麼一樣，放開緊抓著費爾斯衣領的手，快速跑到兩位公主前面，將自己呈現一個大字型。

「妳們兩個都給我冷靜一點！」娜塔莎大喊。

這一喊，震懾了兩位公主的心，停下了手上的動作。

「這份古代契約有個漏洞。要神祇之戰終結，其實不需要其中一個『人類傀儡』死亡，契約也沒有指出對決要怎麼進行，我們只要想出另一個讓妳們倆姊妹決一勝負的方法，其中一人必須獲勝，然後兩人就能擺脫神祇的束縛，享受自由的人生。」聰明的娜塔莎發現，根據古代契約紀載，衝突只有在其中一個姊妹勝出時方可結束，可是契約沒有指明這場對決的方式，反應快的她認為可以為公主們安排一場競賽，解決她們的紛爭。

「Oh～Good Idea.」突然從地上坐起來的城市巫師拍著手說。

「你昏睡到地獄十八層見完閻羅王回來了是嗎？」依然哭笑不得的娜塔莎看著瓦萊特大喊。

「但真的是個挺好的辦法！城市守護者，看樣子妳還有一手嘛！」吐完回來的費爾斯用手帕擦擦嘴角殘留的部分嘔吐物說。

第十一章：契約的破綻

「我知道這世界上有人暈車、暈船、暈飛機，但我從來沒看過有人會暈這麼簡單的搖晃……」娜塔莎吐槽說：「而且我沒有很用力……」

「每個人都有弱點嘛。千萬不要告訴別人喔，好嗎？我的小乖乖！」費爾斯湊近娜塔莎的臉說。

「誰是你的小乖乖！」娜塔莎「磅！」的一拳，大廳的牆面上多了一個人形凹洞，「而且在場的人都看到了啦！」

「御座大殿裡有很多能派上用場的禮物，我們能為品禎公主和品璇公主安排一場不用流血的對決。」瓦萊特站起身說。

「沒錯！我就是這個意思！大廳裡這麼多東西可以使用，簡單的安排個象棋圍棋什麼的對決一下就好，這樣妳們誰都不需要犧牲自己了啦！」鬆了一口氣的娜塔莎深深的佩服自己怎麼可以想出這麼完美的辦法。

「不用流血的對決？」兩位公主不可思議的看著娜塔莎。

「品璇公主，我問妳唷！妳有沒有擅長什麼事呢？」看著右邊的紅髮公主，娜塔莎問。

「嗯……雖然我最擅長的是丈八蛇矛，但是各種武器我也都會使用，還是赤手空拳我也有訓練過，或是任何能取人性命的方法……也許不是那麼熟稔，但從小我就跟惡魔軍團接受嚴格的訓練，我相信自己的學習力一定很好的。」眨著紅色的睫毛，品璇公主一臉呆萌的看著娜塔莎說。

「呃……我不是在面試，可以不用那麼官腔，而且我也不是這個意思……」原以為公主會說擅長百米競賽啊、象棋啊、圍棋啊、跳繩啊等等簡單好玩的小遊戲，沒想到居然回了這麼令人感到可怕的答案，娜塔莎深深覺得還好自己跟她們生在不同的朝代。

「那我還會使用雙節棍、百人斬……」

「沒關係，那個……品禎公主呢？請問妳有比較擅長的事嗎？」避開與品璇公主談話，娜塔莎轉身問站在身後的姊姊。

「我的話則是青龍偃月十八斬、龍之咆嘯、青龍羽翼肘擊……」

「妳們倆姊妹沒有正常一點的興趣或愛好嗎？」娜塔莎尷尬的看著兩位公主，她以為品璇公主是因為從小處在鳥神好鬥的環境之下，沒有正常的興趣或愛好可能算正常，但怎麼會連溫柔婉約的品禎公主都有這麼可怕的攻擊能力呢？「這是正常姊妹們會有的興趣生活嗎？」

「從小龍神就對我實施嚴格的教育訓練，要保家衛國的話這點程度不算什麼的。」品禎公主說。

「沒錯，身為祭司，我們會的這些都是雕蟲小技，一較高下是絕對不會輸的。」品璇公主說。

第十一章：契約的破綻

「也許妳用錯方式問了。」剛剛被娜塔莎一拳打出場的費爾斯默默地回到現場說。

「你回來了！費爾斯——」瓦萊特幾乎是跑著撲上來。

「我對你沒有興趣。」費爾斯一個轉身閃躲過瓦萊特，後者則硬生生的撲了個空。

「你說我問錯方式？」娜塔莎無視眼前這場鬧劇，對著走向前來的費爾斯說。

「妳應該要問兩位公主，平常休閒時間都喜歡做些什麼？」費爾斯轉向品禎公主問。

「我嗎？我的話平時喜歡刺繡、畫畫、觀賞風水……」品禎公主說。

「有動態一點的嗎？不需要使用武器的興趣嗜好。」費爾斯問。

「嗯……平時會做的雖然沒有，但倒是在某些大節日上，會與市民們一同觀賞龍舟競賽，我也想一起下去划龍舟，但母后總覺得那不是個公主該有的行為。」品禎公主回覆。

「划龍舟啊！這是個很好的主意呢，妳說是不是呀？城市守護者。」轉頭對娜塔莎露出招牌微笑， 接著費爾斯轉過頭問了品璇公主一樣的問題。

「我……平時也沒什麼特別會做的事，南方鳥神也沒有特別的大節日，可能就是以訓練為……啊！我平時會用生命跟那些惡魔怪獸一起踢毽子！」品璇公主慢慢的回憶起以前踢毽子的樣子，「但是……」

「用生命踢毽子是怎麼回事——」娜塔莎又是一陣尷尬跟無言。

「毽子是由鳥羽製成的，踢毽子是一件很好的休閒活動呢。」又轉向對著娜塔莎說，費爾斯彷彿在指點她什麼一樣。

「龍舟……踢毽子……龍……鳥的羽毛……龍的祭司……朱雀的祭司……啊！」就像被點醒一樣，娜塔莎大叫了一聲：「我們完全可以用這個當作競賽！」

「小妞兒開竅了呢！」依然的招牌微笑，費爾斯看著娜塔莎說。

第十二章：進展

「我想到可以讓妳們既不需要互相傷害對方，還可以以彼此守護神的祭司身分進行的比賽了！」娜塔莎興奮的說道。

「不需要爭鬥就可以贏的的比賽嗎？」品禎公主睜大眼睛問。

「沒錯！妳們的朝代需要比武，但我們的朝代可不需要，為了讓妳們雙方都能對輸贏心服口服，這次的比賽採三戰兩勝，也就是有一方在三場比賽中贏得兩次勝利的話，就是這場競賽的勝利者。」娜塔莎雙手插腰，開心的說。

「三戰兩勝呀？這倒是挺新鮮的呢。」品禎公主點點頭說。

「不管是什麼比賽，我一定不會輸的！」繼承鳥神好鬥的意志，品璇公主雙手握拳興奮的說。

「好的，那我們稍微準備一下，明天的此時再重新回到這裡準備比賽，在那之前兩位公主可要好好休息、養精蓄銳呀！」娜塔莎開心的說。

「沒看過要別人打架的人可以這麼開心。」費爾斯在一旁說道。

「不想讓牆上再出現第二個你的模型的話就給我閉嘴。」頭冒青筋的娜塔莎握緊拳頭狠狠的瞪了費爾斯一眼。

「可以不要動不動就威脅我嗎？」費爾斯無奈的笑著說。

「妳也是挺剽悍的……」瓦萊特在一旁幫腔說道。

「看樣子你們兩個都想有自己的專屬模型呢……」半瞇著眼，娜塔莎握緊拳頭

第十二章：進展

慢慢靠近兩位男士。

「那個……瓦萊特，你先把兩位公主放入水晶裡面讓她們好好休息啊！」看著情況不對的費爾斯趕忙轉頭向身邊的好友說道。

「好主意！」瓦萊特說完，在巫師袍旁邊拉了兩顆水晶，一顆黑的、一顆白的。接著眼前的景象就如同之前一樣，公主們各自進入了大型泡泡，然後泡泡再度縮小成水晶。

「但是妳有什麼好主意嗎？」完事的瓦萊特看著得意洋洋的娜塔莎問。

「當然有！而且需要你們兩個的幫忙。」掛著神祕的笑容，娜塔莎得意的說。

「我絕對不會出賣我的肉體的！」費爾斯將雙手抱胸，一臉可憐兮兮地誇張的說。

「我絕對不會出賣我的靈魂的！」不愧是哥倆好、一對寶，瓦萊特也跟著做出一樣的動作。

「誰要你們出賣靈魂肉體了……你們可以再誇張一點。」娜塔莎扶著額頭無奈的說。

「那不然妳要我們幫什麼忙？」瓦萊特問。

「我需要你們製造兩艘龍船。」娜塔莎笑著說。

「妳說……划龍舟的龍船？」

「對！我要讓她們比賽划龍舟。」

「哇塞！以前的城市守護者都是用暴力解決任務，反正打贏再說。沒想到妳居然出這招。」

「打打殺殺並不是件好事，暴力不能解決問題的根本，而且要讓她們互相傷害對方實在太殘忍，我做不到……」雖然外表強悍，但其實內心也是很脆弱的娜塔莎說。

「看不出來妳這麼溫柔。」果不其然被揶揄了，對象依然是那個有金牙的他。也果不其然一說完，丹契皇宮的牆上再次出現費爾斯的人型模型。

「妳……妳不是說不能用暴力解決問題嗎？」站在一旁傻眼的瓦萊特說。

「沒錯，暴力是解決不了問題的，所以你沒看到他一而再再而三的來找碴嗎？再來我要跟你說，人都要有為了自己努力捍衛自身的安全，當生命受到威脅，事實的自我防衛是必須的。」娜塔莎說。

「女人真可怕……」瓦萊特小聲的低咕著。

「好啦！龍船的部分就麻煩你們啦！」娜塔莎說完便自顧自地離開了大殿。

「為了不讓龍神與鳥神其中一方占上風，她真是費盡心思了呢。」在娜塔莎離開大殿之後，費爾斯從一旁的柱子後面走出來。

「你不是被……」

第十二章：進展

「哪有那麼容易？為了滿足她的優越感而已。而且她剛剛也說暴力是無法解決事情的啊！」費爾斯的招牌笑容在此時出現，讓瓦萊特不得不佩服眼前的男子不愧為城市的首席。

接著兩人也隨後離開了大殿。

♟

在走回別墅的路上，費爾斯不發一語的沉思著。

「想什麼想的這麼入神？」察覺到費爾斯的異樣，瓦萊特開口問。

「我決定這件事情解決後要告訴娜塔莎事實。」費爾斯正色說道。

「蛤？你確定？」不敢相信耳朵聽到的消息，瓦萊特驚訝的問：「你知道後果有多嚴重嗎？」

「我知道，但我……」

「我不同意你告訴她這件事。但如果你要引導她許下與母親再度相聚的願望的話，我支持你。」

費爾斯當然知道直接告訴她真相的話，除了娜塔莎的狀態會混亂之外，他的生命也會受到迷霧城市的威脅——破壞秩序者是不會被輕易饒恕的。

輕則被紋身，痛癢個幾天也許就過了，但城市若真的動怒，費爾斯毋庸置疑會賠上自己的生命。

不過瓦萊特的一席話倒是讓費爾斯對自己的衝動再次審視了一番，好友的話並無不可。

就這樣兩人不發一語的繼續走回了別墅，一進門就看到娜塔莎的身邊擺放許多羽毛，而那些羽毛令人十分眼熟。

「呃……妳哪來的羽毛？」費爾斯顫抖著聲音問。

「你書房拿的。」娜塔莎簡單扼要的回答卻讓費爾斯斷了許多神經線。

「那是……妳居然……」

「又怎麼了？不是說這屋子裡面的東西我都可以用嗎？」放下手上在進行中的動作，看著半跪在地上的費爾斯，娜塔莎不解的問。

「是沒錯……我應該要早點告訴妳不准進我的書房的。」費爾斯無奈的說：「那些羽毛是我很珍貴的東……」話還沒說完，費爾斯就愣住了。

「是你很珍貴的東西嗎？」娜塔莎問。

「前女友送的。」瓦萊特在旁邊一臉看好戲的補了費爾斯一槍說。

「啊……對不起啊！我不知道……」尷尬得放下手上已經完成的羽毛毽了，娜塔莎不好意思的說。

「沒關係！妳用吧！都過了這麼久……我早該清掉那些垃圾了。」費爾斯站起身來說完後頭也不回的上樓了。

「我覺得我好像做錯事了……感覺他被前女友傷害的有點深呢……」娜塔莎看著上樓的費爾斯背影，轉頭對站在門口的瓦萊特說。

「每個人都有自己撕心裂肺的過去，其實妳也有。」

「我也有？我有什麼撕心裂肺的過去嗎？」

「沒什麼，妳好好完成啊！我去做龍船了，明天見。」瓦萊特說完也離開了別墅，「做個龍船而已嘛，沒什麼。」帶著讓人猜不透的微笑。

♟

到了晚上，費爾斯並沒有下來吃晚餐，獨自一個人待在餐廳的娜塔莎並沒有多想，反而欣賞起桌上那兩個經由自己手工完成的精美羽毛毽子。

「我從來不知道我有這樣的才能呢……」娜塔莎喃喃自語的說。

「那是因為妳以前沒有機會做這種事。」樓梯間傳來熟悉不過的聲音。

「看樣子不餓呢，還有力氣跟我耍嘴皮子。」

「我是有問題要問妳才下來的，而且我超餓，餓到前胸貼後背了。」一邊說一邊做動作，費爾斯的臉上跟語氣都看不出、聽不出有任何憂傷跟情緒。

「對不起喔……」娜塔莎還為自己在費爾斯的傷口上灑鹽一事耿耿於懷，語氣少了平時的尖銳。

「妳又沒有做錯事，不需要道歉。」費爾斯拉開椅子坐下說。

「但你感覺很受傷……」
「現在沒事了。」拿起餐桌上的麵包，費爾斯輕輕的咬了一口。
「那……我可以問你前女友的事嗎？」小心翼翼的說，娜塔莎從沒看過費爾斯下午的那種表情，她好想知道到底是哪個女孩可以讓費爾斯有瓦萊特口中的「撕心裂肺」。
「妳想知道什麼？」語氣中聽不出有任何不悅，費爾斯只是靜靜地吃著麵包。
「例如她是什麼樣的人啊、你們怎麼認識的啊、為了什麼分手啊等等……」
「是一個不怎樣的人、同事身分、她背叛我。」喝下一口牛奶，費爾斯抬起頭看著娜塔莎：「還有要問的嗎？」
「看樣子你真的被傷的很重……才會連回答都這麼簡短。」
「我不會再為了過去的事情傷心，尤其是為了那種人。」
「但你的表情，不像是已經從悲傷裡走出來的樣子耶……」
「不要談我了，說說妳自己吧！妳來到這裡之後我還沒有好好地跟妳聊過。」
「我？我有什麼好聊的？你們不是都知道我的背景嗎？」
「知道背景跟知道心情是不一樣的，我想問關於妳父母親的事。」
「好吧！看在我動用了前女友給你的東西的份上，就跟你說吧！我其實……對於爸爸是完全沒有印象的……我印象中，媽媽告訴我，在我出生之前爸爸就離開

第十二章：進展

了，那一次他是去出差，後來火車脫軌，最後連遺體都沒有找到……」

娜塔莎緩緩地說、費爾斯靜靜地聽。

其實，這些情報他都知道。

「但媽媽說，還好爸爸已經事先取好我的名字，才沒有讓媽媽難過太久，但後來……媽媽也離開我了……」娜塔莎邊說邊拿起眼前的麵包，也咬了一口。

「為什麼離開？」

「我也覺得很奇怪……我對媽媽離開的印象非常模糊，而且時常有拼湊不起的記憶片段……」

「聽說妳還有個雙胞胎姊姊？」

「這個也很奇怪，雖然她是姊姊，但我完全不覺得跟她有親近的感覺，不過她很照顧我也對我好是真的，但那種感覺是……她是為了照顧而照顧，就像保母一樣，沒有靈魂只是義務地對我好。」

「娜塔莎，我接下來要告訴妳的事情，不確定妳能不能接受，但無論如何我希望妳堅強面對。」

「為什麼露出這麼嚴肅的表情？你要說什麼？」看著眼前的費爾斯一派正經地說，娜塔莎非常不習慣，她發現自己的心跳加速，不知道接下來費爾斯會告訴她什麼。

只見費爾斯把手放在她頭上，接著稍稍用力地一按，娜塔莎立刻覺得頭暈目眩，為了不讓自己暈倒她立刻閉上雙眼。

接著她周圍的空間開始扭曲，就像被吸入黑洞一樣不停地往下陷……

「啊！」的一聲，娜塔莎猛地睜開雙眼，眼前看見一對輪廓十分不清楚的男女，地點是在車站。

「親愛的，出差回來的時候別忘了帶一瓶酸梅回來呀。」女子甜甜的依偎在男子懷裡說。

「我會的，這五天妳要好好照顧自己，別讓自己太辛苦，我去去就回。」男子扶著女子的肩膀說，接著他蹲低身子，雙手放在女子凸起的肚子上說：「我們的小娜也要乖乖的別讓媽媽太辛苦，爸爸很快就回來了喔！」

接著娜塔莎一個眨眼，發現火車開進了迷霧城市；再一個眨眼，她的眼前出現一個面容十分模糊、但卻讓娜塔莎感到熟悉的身影站在結界之外，露出令娜塔莎毛骨悚然的笑容。

隨後大氣開始扭轉，她看見剛剛在車站送別的那個女子身邊多了一個約九歲的小女孩，那個樣子跟自己小時候的模樣有點像。

「小娜，妳要小心別跌倒啊！」小女孩彷彿看到寶一般，跑到車站前賣棉花糖

第十二章：進展

的攤販前面，直愣愣的盯著粉色的雲朵棉花糖。身後的女子雖然大喊著，但娜塔莎清楚的看見女子的眼中充滿淚水。

「道別吧，這是妳最後一次看見她了。」熟悉的嗓音響起，但娜塔莎卻想不起來這是誰的聲音。

只看到眼前的女子手摀著嘴，難過的大喊了一聲「小娜」，眼前的小女孩應聲轉頭過來，但卻彷彿看不到自己一般，接著晃了晃小腦袋後又繼續盯著眼前的棉花糖。

「為了不被迷霧城市找到，我會讓自己跟妳女兒有一樣的臉孔，搬離這裡並重新開始生活，讓大家以為我們是雙胞胎，並且會更改她的記憶，我也答應妳會好好照顧妳的獨生女兒。」又是熟悉的嗓音響起，但娜塔莎依然看不到她們的輪廓，也想不起這聲音的主人是誰。

只是看著這一切的娜塔莎覺得自己的胸口悶悶熱熱的，跟自己無關的事件怎麼會看起來讓自己有心痛的感覺？

接著一個眨眼，她看見費爾斯神情痛苦的跪在地上，手上還抓著泥土。接著憤怒取代了痛苦，費爾斯站起身來對著身邊的瓦萊特說話，只是她聽不到費爾斯說了什麼。

正當她想要上前跟他們談話的時候，一陣強烈的氣流將她捲入，接著一個晃腦，娜塔莎睜開雙眼。

她依然坐在剛剛跟費爾斯談話的餐桌旁、眼前依然是自己只咬了一口的麵包，而費爾斯正待在自己的旁邊，用一種不尋常的眼神望著自己。

「剛剛那是什麼？」娜塔莎問。

「什麼是什麼？」費爾斯喝了一口牛奶反問。

「我剛剛……我剛剛看到……」扶著額頭，娜塔莎覺得自己全身都沒力氣，胸口依然悶悶熱熱的。

「也許妳太累了，去休息吧！」站起身，費爾斯沒有多說什麼就逕自上樓了。

「剛剛那些……是什麼……」緊皺眉頭的娜塔莎冷靜了一會兒後聽到樓上傳來關門的聲音，「費爾斯一定知道，但為甚麼不告訴我……哎呀！頭好痛喔！」

扶著自己的頭，娜塔莎晃了晃腦袋後，也慢慢的走回房間休息了。

「我能幫的就只有這麼多了，如果妳能透過這次的事件自己想起來，就表示那個人的魔法失靈了，也許妳就可以許下對兩個世界都有幫助的願望了……」費爾斯靠在門後聽到娜塔莎關上房門的聲音，喃喃自語道。

第十三章：平衡搖籃

隔天大家依照約定的時間來到皇宮大殿，瓦萊特先是拿出那一白一黑的水晶往空中一拋，兩位公主的身影如同花瓣一般翩然而現。

接著又拿出兩顆藍色的水晶往空中一飄，一條大河如同宇宙中的銀河般掛在半空，上面飄著兩艘氣宇軒昂的龍船。

整艘船雖然是由木頭建造的，但看的出來雕工細膩、十分費心，龍頭高高翹起、栩栩有神如同實物一般氣派，船身也是毫不馬虎，船型細長、形似柳葉，結構分為龍頭、龍身、龍骨、龍尾。

「哇塞，真不愧是城市巫師。」費爾斯看著那兩艘龍船大力稱讚道。

「你還知道我是巫師，每次都覺得我要當你的各種專業人士。」瓦萊特冷笑了一聲說。

「光是製作時間就要耗費六、七天的龍船，你一個晚上就完成了，還是兩艘！哇！我覺得你可以改行了，要不要試試看？」費爾斯把手搭在瓦萊特肩上說。

「不要！」果然很乾脆的被拒絕了，「既然要比賽，就來點真實的吧！」接著瓦萊特給所有人遞上一顆發著七彩光芒的圓形固體，大小如同珍珠一般。

「這是什麼？」警戒心強的兩位公主異口同聲的問。

「巧克力。」瓦萊特簡短的回應。

「巧克力是什麼？」品璇公主問。

第十三章：平衡搖籃

「哦……我忘了妳們的朝代沒有巧克力這種東西……它是……一種甜甜的零食，很好吃。」

「這看起來很神奇，我們吃下去不會怎麼樣吧？」品禎公主問。

「會讓妳們精神百倍。」瓦萊特笑著說完，便一口吞下了自己手中的那顆七彩糖。

看見瓦萊特沒有什麼異狀，兩位公主也跟著將糖放入嘴裡。

就在大家都吃完的瞬間，整個大殿開始劇烈搖晃，重心不穩的兩位公主互相抱在一起、娜塔莎則是拉住一旁穩如泰山的費爾斯，接著五個人如同火箭一般往停在空中的大河飛去。

「這裡是……？」等大夥兒站穩之後，娜塔莎好奇的問。

剛剛還在空中的大河現在居然攤在自己的眼前，還有那兩艘龍船，根本就能乘載二十個人。

「你們剛剛吃的是我特別調製的仙丹，能夠讓妳們縮小身軀。」瓦萊特得意的說。

「那個仙丹沒有問題吧？我不會食物中毒吧？」還對昨晚的事情有點介意的娜塔莎沒好氣的斜眼看著瓦萊特，心中一股不祥的預感油然而升。

「當然沒問題啊！妳只是身體變小，機能運作都正常好嗎！」瓦萊特話剛說完，就聽見後頭一陣喧囂吵雜，一行人回頭一看，發現巨大的龍船上面各站滿了二十個壯丁。

「是我派幫手來幫助兩位公主取得勝利的。」這次換費爾斯得意的說了。

「事不宜遲，我們快點開始吧！有請兩位公主乘船。」為了想快點解決任務後詢問費爾斯關於昨晚的事，娜塔莎不知不覺變得急迫起來。

兩位公主不疑有他，先後搭上了左右兩邊的龍船，接著各自找到位置坐下來。此時兩岸響起雷動般的掌聲，吆喝震天，岸上的歡呼聲、掌聲、鑼鼓聲此起彼落，沒有一刻停止。

「哪來的觀眾？」娜塔莎問，只看見費爾斯微微一笑，她立刻明白所有。眼前的大河面上掛起三角彩旗，兩岸撐著各式各樣花傘的人群連同連綿不絕的高山構成一幅美麗的山水風景畫。

「預備！」娜塔莎站上一旁的高台，拿著擴音器擔任起此場競賽的裁判，「開始！」

哨音一下，兩方人馬立刻從同一個方向開始划槳。

粼粼水面被攪起一陣陣水花，順時針方向划行的兩艘龍船誰也不讓誰。

品禎公主的龍船往前進行的很順利，彷彿訓練有素的船員們配合著品禎公主的速度，一起抬槳、一起落槳，龍船像離弦之箭一般往前直射。

第十三章：平衡搖籃

反觀品璇公主的龍船，彷彿不受控般一直偏離軌道，船員們雖然配合著品璇公主，但公主自己卻在划槳的時候時而順時針、時而逆時針，導致品禎公主已經快到中間點要折返了，品璇公主還在開頭三分之一的地方。

雖然以前都只是在河畔觀賞，但品禎公主彷彿受了龍神的加持一般，縱使額頭冒著如珍珠般的汗水，也依然咬著牙關努力往前划行，一切都是那麼的順利。

而妹妹品璇公主就沒有那麼好運了，南方鳥神屬火、屬風，在這水裡簡直就像困獸之鬥，怎麼划都不順利，好不容易經過了一個半小時，她才狼狽又疲憊不堪的回到終點線，而品禎公主早已在那裡等候多時了。

「好吧！我承認妳贏了！水乃龍神掌管之元素，此為妳的長處，但我真的承認，船槳在妳手上猶如寶劍一般，果然為龍的祭司、名不虛傳。妳已經證明我的競渡不及妳……我然受控於鳥神。」品璇公主先是開心地拉著姊姊的手說，但越說情緒卻越低落。

「雖然我的勝出競渡使龍神高興不已，但我也沒有任何解脫之感。還請妹妹與我再試一番，由其我仍能壓抑龍神之欲，不將武器駕於妹妹之上。」品禎公主拉起妹妹的手，兩人互相打氣了一番。

「這次的勝者是品禎公主——」娜塔莎拿著擴音器宣布大公主的勝利，就在說完的瞬間，所有的一切如同泡沫般「砰！」一聲全都憑空消失了。

一行人也恢復到原本的體型大小，跌坐在宮廷大殿裡。

「事不宜遲，馬上進行第二輪的競賽吧！」站起身，拍拍身後的灰塵，娜塔莎要讓兩位公主趁著氣勢如虹之時再來加碼。

「無論比賽是什麼，我都接受妹妹的挑戰。」品禎公主先是站起身，隨後向還坐在地上的品璇公主伸出手，微笑著說。

「好！賭上南方鳥神之名，這次我絕對不會再輸給妳了！」依然是好鬥的語氣，但娜塔莎聽得出來在與丹契皇帝與皇后對話之後，加上姊妹倆各自冷靜了一段時間，她們對彼此都少了先前的鋒芒、反而還有一點享受在其中的感覺。

「接下來的比賽是這個——」稍微看了費爾斯一眼，娜塔莎拿出昨晚製作的羽毛毽子。

「這是……毽子？」品璇公主瞪大眼看著娜塔莎問。

「正是！」娜塔莎將毽子交給兩位公主，「毽子的比法非常簡單，十分鐘之內誰踢的多就獲勝。」

「十分鐘？會不會太久啊？」費爾斯問。

「這樣才刺激啊！而且十分鐘之內，毽子掉了還可以撿起來繼續踢，反正是比個數，時間拉長就會看見誰比較持久囉！」瓦萊特幫腔說道。

「這毽子做的好美呀！」品璇公主稱讚道。

說。

「謝謝公主誇獎，有人貢獻了很美麗的羽毛。」娜塔莎又偷偷看了費爾斯一眼

「這個鐵塊的重量也很剛好，一定很好踢。」又是一陣稱讚，看樣子這次品璇公主胸有成竹呢！

「好的！那我們就倒數十分鐘，計時——開始！」按下從瓦萊特那裡接過的碼表，娜塔莎宣布比賽正式開始。

接著看見品禎公主拿起毽子往上一扔，毽子就如同蝴蝶邊輕巧的往上飛，然後她抬起腳對準落下的毽子，「啪！」的一聲，清脆的碰撞聲接二連三的從品禎公主的腳上發出。

一下、兩下、三下……當品禎公主踢到第三十下的時候，原本乖巧聽話的毽子突然變調皮了，開始不聽使喚地到處亂飛，而每當公主撿起毽子重新開始之後，總是踢不過十下又飛出去了。

反觀一旁的品璇公主，那毽子在她的腳上歡舞的跳動著，彷彿一個乖巧的舞者，娜塔莎在一旁數著數著，到了第六十下了公主還是有條不紊的繼續踢著，毽子一次都沒有落下、彷彿就在節拍之上。

時間滴滴答答的不停流逝，在一旁觀戰的三人心裡都有底這次的贏家是誰，只看見品禎公主一直發出「唉呀！」的聲音，而品璇公主卻一直是有規律的「啪！啪！

啪！啪！啪……」聲音。

「十、九、八、七、六、五、四、三、二、一，時間到！比賽結束！」娜塔莎說完後變吹響哨音，品璇公主用手順勢接住往下落的毽子，完美的結束這場比賽。

「品禎公主總共在十分鐘之內踢了兩百七十八下！很棒的紀錄！」費爾斯走上前向公主說。

「不過品璇公主踢了整整六百下！」瓦萊特驚訝地笑著說。

「六百下！」品禎公主聽到數字後瞬間驚呼，她知道自己這場比賽無法勝出，但卻沒想到差異這麼大！

「是的！品璇公主幾乎是一秒一下的速度在踢毽子呢！」娜塔莎在一旁興奮的說道，她長這麼大還沒看過人家可以如此穩定的踢毽子踢十分鐘，要是在現實世界都可以去報名金氏世界紀錄了。

「哇，妳的動作可真快！品璇，妳是怎麼習得如此招式？難怪妳會在毽子遊戲勝出。我曾與朝臣玩耍此毽子遊戲，然而還不及妳的靈巧，我得承認，毽子遊戲是妳的勝利……然而龍神彷彿不承認此等敗仗……」果然是雙胞胎，品禎公主的動作就跟剛剛品璇公主一樣，先是開心地拉著妹妹的手，接著又感受到龍神的不悅。

「在南方鳥神的調教之下，我常常在惡魔之地玩耍毽子遊戲，我必須要以敏捷之姿取勝，否則將失去毽子與一腿。姊姊是我非常稱職的對手，我希望……我能跟妳再有機會一同遊玩……在不久的將來……」品璇公主緊緊牽著姊姊的手，即便她能感受到鳥神的愉悅，但依然無法掙脫鳥神的束縛。

「我終於知道之前品璇公主之前為什麼會說自己用生命在踢毽子了……居然輸了就要斷腿！果然是惡魔怪物才會有的可怕行為。」娜塔莎在一旁打了個冷顫說道。

「現在兩方的比賽一對一，我們即將進入最後的決賽！不管這場比賽的結果為何，我都很開心知道有妳這個姊姊的存在……雖然一開始非常不能諒解，但我知道妳其實跟我一樣也十分孤獨。畢竟我們都是犧牲者……」品璇公主牽起姊姊的手，說了一番肺腑之言。

「如果有來生，我希望我們還能成為手足，到時候我依然要成為妳的姊姊，那時候我一定會好好保護妳，不會再讓妳受傷了。」品禎公主用堅定的眼神看著眼前的妹妹說。

「其實她們本來就沒有對彼此的怨恨，」費爾斯看著眼前這一幕說：「只是彼此的守護神勢不兩立才讓她們成為犧牲品，接下來剩一關了，妳要讓她們比什麼呢？」

「大家來找碴。」娜塔莎自信的說：「這是我最喜歡的遊戲。」

「第三場競賽是什麼呢？」品禎公主問。

「平衡搖籃。」娜塔莎說：「我安排了對龍神有利的龍舟競賽與對鳥神有利的踢毽子比賽，就算祂們使兩位公主互相爭戰，但妳們智勇兼備，靠自己實力贏來勝利，就算是守護神也無法說什麼。」

「接下來只要找到搖籃，去平衡妳們之間的矛盾就可以了！」費爾斯在一旁說道。

「當初丹契皇帝沒辦法請四方守護神前來救國就是因為少了平衡搖籃，搖籃會失效的原因是因為皇帝的後代子孫有兩名，卻只有品禎公主躺過那個搖籃。」瓦萊特說。

「這麼一來，鳥神在品璇一出生時就將其帶走是為了破壞這樣的平衡？」品禎公主恍然大悟的說。

「是的！心靈之眼調查了妳們的歷史之後，發現只有找出破壞平衡的搖籃才能解決妳們問題的根本。」瓦萊特在一旁悠悠的說。

「除了搖籃之外，要破解任務還需要四個因素，就是當年丹契皇帝所持有的四風護身符。」費爾斯也在一旁補充說明，看樣子他們倆個真的為了這次的任務進行了許多事前調查呢！

「但是連我都沒有見過四風護身符的樣貌，說要尋得，有點強人所難。」品禎公主面有難色的說。

第十三章：平衡搖籃

「只要是四方的守護神圖像就可以了，找找看吧！大廳會有的！」瓦萊特向公主們說明之後，兩位公主便開始搜尋大廳。

「其實妳的協助已經讓兩位公主們自由了，她們擺脫了龍神與鳥神的控制，神祇們也被迫接受這場和局，接下來只要等找到我需要的元素之後，就可以施法讓皇族繼續維持變化無常的神祇之間的微妙平衡。」瓦萊特看著公主們搜尋大廳的樣子，便對站在一旁的娜塔莎說。

「真的嗎？我當初以為這個辦法行不通，沒想到居然可以！果然每件事情都不能只光看片面之詞或是單一面就下定論啊。」娜塔莎聽到瓦萊特這麼說之後也感到十分開心。

「這次真的就是最後一次進行任務了。」費爾斯走到兩位身邊說道。

「我找到了！」娜塔莎還來不及開口，遠處就傳來品禎公主的喊聲。

接著就看到公主拿著一個卷軸，開心的奔過來。

「雖然我不確定這是不是，但也許可以？」瓦萊特接過公主手中的卷軸一看，就是丹契皇帝的御筆信呀！信上畫了一隻大龜，龜身還有一條蛇纏繞。

「可以！這就是丹契皇帝的守護神——北冬玄武之神。」

「這個呢？」接著換品璇公主開心地拿著一件布料跑過來。

「妳在哪裡找到的？」品禎公主看著妹妹手中的白袍，感到十分驚訝。

「母……皇后靈魂消失之后留下來的，當時我們都過於震驚與悲傷，沒有帶走它。」

「傻妹妹，直接喊母后吧，她會高興的。」摸著妹妹的頭，品禎公主的笑容如同丹契皇后般溫柔。

「這個可以！這是丹契皇后的守護神——西秋白虎之神。」接過品璇公主拿來的白袍，瓦萊特十分開心，因為后袍上繡有白虎的圖樣。

「但是龍神並沒有在這裡留下任何東西，這該如何是好呢？」找遍了整個大廳也沒有意思龍息，品禎公主擔憂的說。

「鳥神亦是如此。」品璇公主也表明自己沒有感知到南方的焰息。

「妳們就是龍神與鳥神留下來最好的守護圖樣，接下來只要找到搖籃就可以了。」瓦萊特對著眼前兩位公主微微的笑著說。

「我們就是？」公主們驚呼了一聲，然後互看了對方一眼，「啊！」

「妹妹，妳的綴飾！」品禎公主對著妹妹從頭到腳注視了一番，發現她配戴一個雀鳥墜飾，火紅的飾品上有一層硃砂。

「沒錯！那就是掌管南方的鳥神——南夏朱雀之神。」瓦萊特說。

「姊姊！妳的頭盔與旗幟上，烙印著青龍呢！」品璇公主也將姊姊從頭到腳審視了一回。

第十三章：平衡搖籃

「這下找到搖籃就沒問題了呢，最後的東春青龍之神。」娜塔莎看著眼前這對姊妹還有臉上寫滿「滿足」二字的瓦萊特，自己的心情莫名的也跟著愉快起來。

迷霧城市之搖籃傳說

第十四章：消失的古城

「瓦先生，你剛剛說會破壞平衡是因為只有我躺過那個搖籃但妹妹沒有，對嗎？」品禎公主沉思後對著瓦萊特說。

「對，還有，我不叫瓦先生，妳可以稱呼我的本名——瓦萊特。」

「好的，瓦萊特先生。我想，我知道搖籃在哪裡。」品禎公主轉頭離開大殿，一行人好奇的跟著過去。

只見品禎公主經過長長的走廊，來到走廊的盡頭後右轉走上了一個迴轉樓梯，接著又繼續經過二樓的走廊。

「其實這皇宮看起來很氣派呢。」娜塔莎邊走邊說。

「好歹也是個皇宮，不氣派行嗎？」費爾斯在一旁調侃著。

「雖然時間流逝、一切都被石化了，還是看的出它曾經的風光，這表示建造得很好，不是嗎？」

「不是我自誇，這座城堡從第一代先祖開始建造至今，據我所知還沒有需要大肆修繕的部分呢！」走在前頭的品禎公主聽到他們的談話後說。

「但是……我們還要走很久嗎？覺得我們在迷宮裡面不停打轉。」瓦萊特左顧右看了一番後問。

他覺得就算走了這麼久，但周圍的環境絲毫沒有變化，彷彿在同一個地方不停來回走動一樣。

第十四章：消失的古城

「我們並非在同一個地方，這些畫跟牆上的圖騰都有變化。」品璇公主說。

「不愧是妹妹，一眼就看出來差別。」品禎公主停在一扇有著龍紋與鳳紋的大門前，轉頭對妹妹說。

那扇門非常精緻，但把手卻用鐵鍊鍊住並用個大鎖鎖著，就像是為了防止誰進入一樣。

「這裡是母后的禁區……除了父皇和母后之外，沒有任何人能進來。不過父皇國事繁重，幾乎沒有進來過。」品禎公主將已經被石化的鐵鍊拿起，然後轉頭對著大家說。

「這鎖能解嗎？」瓦萊特問。

「不用解，直接破壞掉就好了！」挽起袖子，費爾斯活動了一下肩膀說。

「欸欸欸，你不要隨便亂破壞人家的家啦！」拉住費爾斯的胳膊，娜塔莎緊張的說。

「沒關係。」品禎公主笑笑的對娜塔莎說：「反正現在都成石頭了，有鑰匙也開不了，而且最重要的是，鑰匙在母后那裡，但我不知道在哪裡。」

「看吧！果然直接打碎最快。」費爾斯得意地看著娜塔莎說，接著便一個躍身往門上踢去。

「轟！」的一聲，彷彿有結界一般的彈出強力的震波，這一震，差點把費爾斯震到宮外去。

「這……這是怎麼回事？」有著強大力量的費爾斯居然被震波彈走，娜塔莎瞬間看傻了眼。

「這門有結界。」瞇著眼端詳了一番，瓦萊特下了個大家都知道的結論。

「是的，為了防止被任意破壞，母后在這道門上加了一道結界。」品禎公主依然笑笑地說。

「那妳應該要早點說的啊……」扶著自己胸口慢慢坐起來，費爾斯有氣無力的說。看樣子剛剛那一震的確力道很強，差點把迷霧城市的首席律師給震壞掉。

「那怎麼辦？我們現在沒有鑰匙、又無法破解結界……品禎公主，妳真的確定搖籃在這裡面嗎？」娜塔莎有點心急的問。

「我確定，我曾經偷聽過父皇和母后的談話，知道這扇門就算沒有鑰匙也能開啟的方式，」品禎公主走向妹妹說道：「只是我需要妳的幫忙。」

「我？我從來沒有來過這宮殿，也不知道這裡有什麼搖籃，要怎麼幫妳？」品璇公主問。

「因為妳是我的孿生姊妹，擁有別人沒有的特質，我們二合為一的力量是比任何人都強大的。」品禎公主摸摸妹妹的頭，接著牽起她的手說。

品璇公主被姊姊堅定的眼神撼動了心，娜塔莎發現她血紅色的雙眼漸漸趨向柔

第十四章：消失的古城

和，變成緋紅色。

接著兩個人緊握雙手，面對面跪下，將額頭靠在一起，接著以兩人為中心，一百公尺之內的地都發出白色耀眼的光芒。

大氣帶動氣流，兩人的髮絲隨著氣流飄動，身上的衣袍也隨之舞動，接著兩人的身後出現了一龍一雀，那是她們的守護神，但除了青龍與朱雀之外，左右也出現了父母的守護神－玄武與白虎。

「四方守護神吶！請祢們把能量借給我們，幫助丹契王朝的後代子孫能夠開啟這扇門。」品禎公主語畢，四方守護神融合在一起化做一道七彩虹光往大門衝去。

沒有爆炸聲、沒有碎片四散，化做石頭的大門在被四方守護神碰到的瞬間，如同分子被分解一樣消失了，同時也解除了擋在大門外的結界。

「門消失了……」娜塔莎驚訝的說，她本來以為公主們會使用暴力的方式，沒想到居然如此平靜。

「你看人家這麼容易就開門了，你在那邊打那麼久，還被彈開……是否有點遜？」看著臉上青一塊紫一塊的費爾斯，好友瓦萊特興起的調侃起他來。

「欸！我怎麼知道這門的結界只有丹契王朝的後代子孫才開的了啊？早知道這樣我就不用費力了。」

「不過這也證明你不是丹契王朝的子孫，哈哈哈……」

「你不說話我會很感謝你的沉默。」費爾斯給好友一個白眼之後說。

兩位公主等到周圍的氣流穩定之後，緩緩的睜開雙眼，接著互相扶著站起身來。

「有人說孿生姊妹的力量是兩倍，原來是真的……」瓦萊特小聲的說著，他們三人都被眼前的景象給震懾了一下子。

「門後面除了一頂搖籃之外什麼都沒有！」娜塔莎驚呼。

「因為這是母后心中最深層的痛，所以她才把它鎖起來。」品禎公主帶著憂傷的心情說。

「妳說這是丹契皇后……」娜塔莎以為門後會有許多富麗堂皇的美麗，或是耀眼動人的寶石，但沒想到這個房間什麼裝飾都沒有，只有一個搖籃擺在正中央。

「因為失去妹妹讓母后很傷心，她好長一陣子都是自己一人待在這裡，誰都不見。」品禎公主說。

「母后……」一直以來都很渴望父愛與母愛的品璇公主，聽到姊姊這麼說，自己的胸口突然也是一陣火熱，喉嚨就像被什麼東西堵住一樣，想說話卻說不出來。

她的鼻頭漸漸感到酸楚，終於在最後一道防線潰堤之下，她也跟著淚崩了。

「原來、原來……母后一直、一直都有掛……掛念著我……這段期間我到底……到底是為了誰恨……為了誰復仇……為了誰……」潰不成聲的品璇公主在這個瞬間跪倒在地。

這麼多年來鳥神一直讓她產生復仇的心，但卻忘了母女連心，再怎麼更改也改不了丹契皇后心心念念自己女兒的那份渴望。

「妹妹，有我在！」走上前去抱緊哭得像個小孩一樣的妹妹，品禎公主也感到心酸，如果不是雙方的守護神逼迫姊妹兩人成為對立之人，她們一定可以像其他孩子一樣有個快樂的童年。

「一切都過了，我會讓妳們獲得真正的自由。」瓦萊特邊說邊走向搖籃。

「在皇帝的四風守護符的石化效果之下，這個搖籃卻依然保持著原來的樣子，不但沒有被石化、也沒有因為時間流逝而產生任何老舊的裂痕。」費爾斯說。

「這是丹契皇后的母愛，才能讓搖籃在亂世中仍保有原樣。」娜塔莎喃喃自語說道。

「我需要將這四種神獸轉化成護身令牌，為了使平衡搖籃起作用，我需要借用妳們的鮮血。」瓦萊特拿著在大廳找到的四個物件，轉身對兩位公主說。

兩位公主走上前，接過瓦萊特遞過來的小刀，輕輕的將自己的手指劃破一個小洞。

鮮紅的血液慢慢的從手指頭流出，接住地心引力的重量，快速的滴落在搖籃上。

一滴、兩滴，鮮血在滴到布料時，迅速的染紅了整張搖籃。

接著瓦萊特將收集到的四個物件朝空中拋去，並同時召喚心靈之眼，那額頭上的眼睛一睜開便發射出一道光，同時貫穿了四個物件。

丹契皇帝的御筆信轉化成一個玄武守護神的拼圖；丹契皇后的后袍變成　個白虎守護神的拼圖；品禎公主的旗幟與頭冠變成青龍守護神的拼圖；品璇公主的鍊墜變成朱雀守護神的拼圖。

這下子，四風守護神的拼圖都到齊了。就在四塊拼圖拼合的瞬間，搖籃發出光芒，裡面有個金屬標誌，正好能放在四風護身令牌的中央。

「原來那就是四風護身令牌……」品禎公主抬頭看著飄在半空中的令牌，想起了父親就是犧牲自己的生命來使用它拯救了整個國家，不禁佩服父親的偉大，但同時也感受到身為統治者要心念國家是一件多麼不簡單的事。

「妳們快到了要離開的時候了。」瓦萊特看著兩位公主說。

語落，四周吹起了一陣風，四風護身令牌發出光芒，溫暖的如同陽光般讓整座城都沐浴在光輝之下。

古城裡所有人的石化現象被解除了，石像得以復原成人型、惡魔得以淨化成天使。

「丹契王朝最後的子孫啊！」就在此時，護身令牌發出了一個聲音。

第十四章：消失的古城

「你是……」兩位公主疑惑的看著眼前發光的令牌問。

「四方守護神已回歸天庭，經由神獸貔休的淨化，彼此不再爭鬥。」護身令牌說。

「太好了……再也不會有跟我們一樣的事情發生了……」品禎公主的眼角流出兩滴淚水，喜極而泣。

「妳們的母親——丹契王朝的皇后——白虎祭司，在當年鬥爭的最後犧牲了自己的性命，用自己的靈魂換取白虎之力保護了她的兩個女兒不受到傷害。靈魂還在遊魂之地尚未得到解放，當重要之人恢復意識並重新取得力量之後，就可以解散囚禁已久的靈魂。」令牌繼續說道。

「她們現在意識很清晰啊！你是什麼意思？」娜塔莎不解的問。

「任務完成的城市守護者啊！這段時間辛苦妳了，完成城市交代給妳的任務之後，妳剩下自己應該要去完成與破解的任務，首席律師會一直陪在妳身邊幫助妳的。」

「不要答非所問——迷霧城市的人都這樣嗎？」終於壓抑不住心中鬱悶，娜塔莎爆發的說。

「兩位公主並不屬於這個朝代，我會將她們送回到該有的時空，在那邊她們會重新有自己的生活，一切重頭開……」

「太好了……品禎公主、品璇公主，妳們可以重新再來了！」不等令牌說完，娜塔莎開心的拉起兩位公主的手，真心的替她們感到開心。

「娜塔莎，謝謝妳的幫忙，讓我們免於彼此互相爭戰、互相傷害。」品禎公主語帶感謝的說。

「慶幸的是，在這場艱苦的鬥爭中，父母的愛、血濃於水的親情，都讓兩位公主戰勝了自己，使世界免於神祇之爭引發的滅頂之災。」費爾斯在一旁一同祝賀道。

「時間到了，我們該送客了！」瓦萊特在一旁提醒著分離的時刻。

「娜塔莎，如果我們能生在同個朝代，一定能成為很好的知己。」品禎公主握著娜塔莎的手說。

「如果我們有緣份，會在未來相遇的。」擦拭眼角的淚水，娜塔莎開心卻又不捨的說。

她給兩位公主一個溫暖的擁抱，接著兩位和好的公主在溫柔的光芒中，攜手走向光芒的另一端。

一個眨眼，迷霧城市中央廣場的宮殿也如同分子被解散一般漸漸消失，丹契王朝正式走入歷史，但兩位公主卻從此獲得自由之身。

♟

「結束了……」娜塔莎看著原本是宮殿的地方現在變成了美麗的噴水池，回想

第十四章：消失的古城

起這段時間真的發生很多事，心中感慨萬千。

一直沒有停歇的風終於落下，迷霧城市恢復了原狀，和煦的太陽散發溫暖的陽光照在廣場上。

娜塔莎、費爾斯和瓦萊特站在廣場上，告別了丹契王朝。

「恭喜妳！」費爾斯對著娜塔莎說。

「什麼？為什麼突然恭喜我？」娜塔莎明知故問的笑著說。

「恭喜妳獲得自由之身，可以從迷霧城市解脫了。」費爾斯說。

「但娜塔莎離開之前，她有權利可以得知那件事吧？」瓦萊特在一旁說。

「什麼事？」娜塔莎問，這兩個男子對她來說太神祕，她要理解的事情一樁比一樁更容易讓人崩潰。

「禮物。」此時瓦萊特走過來，手上拿著一個吊飾。

「這是？」娜塔莎接過那個精緻的吊飾，上面有著青龍、朱雀、白虎與玄武的雕刻。

「迷霧城市給城市守護者的禮物，恭喜妳完成這次的任務。」瓦萊特說。

「每次只要城市守護者完成迷霧城市交代的任務，城市就會把破解任務的最後一個用具拉回現實當作禮物，我不是說過了嗎？妳會有禮物跟一個可以完成的心願可以許。」費爾斯在一旁說。

「這是迷霧城市的搖籃傳說，恭喜妳完成了。」瓦萊特說。

「但我不知道可以許什麼願望……」娜塔莎看著手上的吊飾說：「還有……我有事情要問你。」

轉頭看著站在身後的費爾斯，娜塔莎決定要好好的把心中的疑慮都一一問完。

第十五章：回程

費爾斯壓抑著心中想要全盤托出的慾望，靜靜地站在娜塔莎面前等著她問。

「為什麼我會做那種夢？還是我應該問說為什麼我會有這種幻覺？」娜塔莎問。

「那不是幻覺。」費爾斯說。

「不然是什麼？」娜塔莎問。

「妳的過去。」

「我不懂，什麼叫我的過去？我根本沒有對這些事情的記憶……」娜塔莎說。

「妳說對了，因為妳沒有記憶。」費爾斯的這句話讓娜塔莎好久都說不出話來。

「你不打算告訴她？」輕聲的在費爾斯耳邊細語，瓦萊特雖然是首席律師幾百年來的好朋友，但他有時候確實猜不透他在想什麼。

「我其實還在猶豫，不確定她知道之後會有什麼反應……」費爾斯說。

「你的意思是……那些事情的確發生過，但我忘記了？」娜塔莎問。

「不是忘記，是妳的記憶被消除了。」費爾斯說。

他決定見招拆招，如果娜塔莎打破砂鍋問到底，那他也會如實告知。

「被消除了？什麼意思？我不懂。」娜塔莎是真的不懂了，雖然她知道這個城市有很多讓她不解的地方，但說自己的記憶被消除這種沒頭沒尾的話，她是真的想理解也很困難。

「妳不是有一個願望可以許嗎？妳可以向城市許願妳想知道真相。」費爾斯說。

「你不能直接告訴我嗎？」娜塔莎無奈的看著眼前不知道是在跟自己開玩笑還是認真的男子說。

「我可以告訴妳，但依照城市的規矩，我會被狠狠的處罰。」費爾斯悠悠的說。

「嚴重的話還會賠上性命。」瓦萊特在一旁補充道。

「這個城市真的太詭異了。」娜塔莎心想。

「妳可以許願說妳知道真相。」費爾斯再次提醒她。

「真相……有時候不知道會不會比較好呢？」娜塔莎想起品璇公主崩潰的時候，那種撕心裂肺的感受她彷彿也感知得到。

「看妳囉！我們沒有立場可以強迫妳。」費爾斯聳聳肩說，但他的心裡其實非常渴望娜塔莎可以許下知道真相的願望，或是想在見母親一眼也可以，如此一來莉狄亞就會回到這個世界接受制裁了。

娜塔莎低著頭，回想起那天在腦中出現的景象，熟悉的聲音、溫暖的背影、充滿淚水的女人、在火車旁道別的夫妻、還有那跟自己小時候如出一轍的小女孩……。

接著她的腦中閃過一個奇怪的畫面，一個跟自己有著一樣臉孔的女子走來，說她是自己的姊姊……。

「我想知道真相……」娜塔莎握著四方守護令牌，小聲的說道。

「妳確定？」瓦萊特沒想到費爾斯的利誘成功了，他以為娜塔莎的心很堅強，是攻不破的。

「嗯……我總覺得我沒辦法這樣回去。這件事情如果與我無關，我大可拍拍屁股走人，但我覺得這一定跟我有關……加上費爾斯說我不是忘記，是被消除記憶，我倒要看那些被消除的記憶是什麼，還有是誰消除了我的記憶。」娜塔莎堅定的說。

「如果妳真的確定了自己的心意，那妳就高舉四方守護令牌，說出妳的願望吧！可是……」瓦萊特欲言又止。

「可是什麼？」娜塔莎看著城市巫師猶豫的樣子，內心更是好奇無比。

「妳只會知道事情的真相，但是沒有改變的能力，這樣也沒關係嗎？」瓦萊特說。

「知道真相就會有辦法解決了，總比我什麼都不知道好吧？難不成被賣掉還要我跟人家說謝謝嗎？」娜塔莎堅定的說。

「好吧，那妳可以許願了。」瓦萊特跟費爾斯往後退了一步。

接著娜塔莎將四方護身令牌高高舉起，腦中突然浮現一段話讓她跟著唸：「青龍、白虎、朱雀、玄武，吾等需要汝等幫助，丹契王朝繼承者令汝等盡速現身。」

第十五章：回程

四方護身令牌慢慢的往上飄，接著發出四道彩光，空中出現四方守護神的靈體。

「汝並非丹契王朝的子孫，何以召喚吾等現身？」玄武首先開口詢問。

「哦？莫非汝為拯救丹契王朝之恩者乎？」白虎接著詢問。

「調解吾等紛爭之城市守護者乎？」青龍也跟著問。

「是的，我就是這次的城市守護者——娜塔莎。」

「召喚吾等有何心願？」朱雀振翅後說。

「只要完成任務，城市會給守護者一個實現願望的機會，你們會幫我實現吧？」娜塔莎謹慎的問。

「迷霧城市自有規矩，並非吾等能隨意破壞之，既然城市如是指引，吾等必會實現姑娘心願，獻上守護神之名也。」朱雀接著說。

「我想要知道我的過去，所有一切的真相。」娜塔莎說。

「知道真相未必是好，但未必是壞，也許會使姑娘的生活發生嚴重變化，即便如此也能接受嗎？」青龍慈愛的聲音有如春風一般，娜塔莎聽著覺得自己產生了勇氣。

「是的！我接受。」娜塔莎再次堅定的說。

「吾等，必實現心願。」四方守護神看見了娜塔莎的執著，點點頭後同時說出這句話。

然後各自變成四道光再次射回四方守護令牌裡，而令牌在吸收所有光芒之後立刻化成泡泡消失蹤跡。

娜塔莎的周圍瞬間天搖地動，她踩著的地面裂出一道道痕跡，接著如同石頭崩盤一般，地面龜裂成好幾塊。娜塔莎應聲掉落，身邊除了碎石跟著一起往下掉之外，並沒有看到費爾斯跟瓦萊特。

不知道往下掉了多久，娜塔莎一個眨眼，眼前出現了一輛蒸氣火車，還有一對夫妻在月台擁抱著。

「這……這是那次的場景……」娜塔莎驚呼，但她隨即想到自己是來了解真相的，於是便走到靠近那對夫妻近一點的地方。

但等她一靠近，立刻被一股奇妙的力量給吸進車廂去，坐在男子的旁邊，只見他手拖著下巴看著窗外，心情十分愉悅的樣子。

接著一位戴著帽子的男子走過來，坐在他們的面前，點了一杯白酒與一杯紅酒。

「這位先生，請問你要去哪裡呢？」男子率先開口，壓低的帽緣底下露出了一顆金牙。

「費爾斯？」娜塔莎驚呼，但他卻聽不到她的聲音。

第十五章：回程

「出差。」娜塔莎身邊的男子有禮的回答。

「來杯紅酒暖暖身吧！」費爾斯露出招牌笑容說。

接著一晃眼，他們來到迷霧車站，眼前出現一個身穿墨綠色上衣、黑色皮褲的女子。

接著又一晃眼，女子把男子推入結界之內，自己站在外頭露出可怕的笑容。

「啊——」淒慘的叫聲從結界裡傳來，女子頭也不回的搖搖手，離開了任務地，而結界之內的男子因為沒有女子的幫助，而被裡面的猛獸給生吞活剝了。

畫面一轉，娜塔莎看見女子跟費爾斯躺在同一張床上，但後者的心臟部位卻被開了一刀，脖子上掛著一條血紅色的項鍊。

「費……費爾斯——」娜塔莎一直往前跑，卻發現自己不管怎麼跑都離費爾斯越來越遠。

接著她看見女子坐起身來，扯下了費爾斯脖子上的那條項鍊，頭也不回的離開費爾斯的別墅。

「哇——哇——哇哇——」接下來娜塔莎聽到嬰兒的哭聲，剛剛在車站的女子慈愛的看著手中的孩子，臉上滿是淚水。

「跟妳爸爸真像啊，小娜，小娜……」女子邊流著淚邊笑著說。

「小娜……小娜是媽媽才會叫我的名字啊……」娜塔莎心頭一熱、心一揪，然後仔細的看著眼前抱著嬰兒的女人，她跟自己記憶中的母親有著相似的臉孔。

接著女人跟孩子生活的部份讓娜塔莎驚訝了，因為一點都沒有違和的，完全跟自己的印象相符合。

「是媽媽……」排山倒海的回憶瞬間衝進了娜塔莎的腦中，那些都是在她心裡最重要的回憶啊。

隨後她看見自己站在棉花糖販賣店的前面，眼勾勾的直看著那美麗可口的糖。

「小娜——」成人的她看見媽媽呼喚年幼的她、而年幼的她聽見媽媽呼喚她。但就在一個轉身，她看見小時候的自己眼球的顏色已經改變了，剛剛穿著黑皮褲、墨綠色上衣的女子朝著自己走來，又是摸摸頭、又是親暱的樣子。

「娜塔莎，今天開始我就是妳姊姊了，要記得我們是雙胞胎唷！」女子拍拍小娜塔莎的肩膀，後者似懂非懂的點點頭。

「姊姊？雙胞胎？哪有這麼跟我不像的雙……」正當娜塔莎疑問的時候，她看見眼前女子的臉開始變化，原本的單眼皮變成雙眼皮、坍塌的鼻子變的高挺，一般的嘴唇變成豐厚的嘴唇。

而讓娜塔莎說不出話的理由是因為那個樣子跟自己完全一樣，僅只有髮色跟髮型的不同而已。

「從今天開始，我就是妳姊姊了，我叫莉狄亞，雖然妳現在只有九歲，但我會

第十五章：回程

帶著妳離開這裡，順便改變所有人的記憶，沒有人會記得妳跟妳媽媽，到新的地方去我會好好照顧妳，當然，也順便展開我的新生活，慶祝我已經離開迷霧城市那個鬼地方了。哈哈哈哈哈哈——」

「莉狄亞？莉狄亞不是我的雙胞胎姊姊？」好久說不上話的娜塔莎被眼前這一幕給震懾了。

接著她一回神，發現所有的場景都消失了，只剩下自己跟費爾斯還有瓦萊特站在迷霧城市的廣場上。

「莉狄亞不是我的雙胞胎姊姊！」這是娜塔莎回神後看見費爾斯的第一句話。

「我知道。」費爾斯緩緩地說，字裡行間沒有任何表情。

「正確的來說……莉狄亞是費爾斯的前女友。」瓦萊特補充道。

「你不說話我會很感謝你的沉默，城市巫師。」用手肘稍微推了一下瓦萊特，費爾斯說。

「前、前女友？」娜塔莎大驚地說：「她是我的……啊不對……你的……唉呀！我好混亂！」

「妳現在知道真相了，莉狄亞是改變妳記憶的人，剛剛看見的男子和女子是妳的父母。」費爾斯說。

接著瓦萊特把莉狄亞如何害死娜塔莎的雙親與動機都告訴了娜塔莎。

「你的意思是……莉狄亞殺害了我的爸媽，還偽裝成我的雙胞胎姊姊？」娜塔莎不可思議地看著他們問。

但兩位只是輕輕地點點頭，什麼話都沒說。

「我……我不相信！」娜塔莎晃動著眼神說。

「妳信、或者不信，都無所謂，但這就是迷霧城市送妳的心願——妳想知道的真相。」費爾斯說，

「不……我一直以來都跟……殺父殺母仇人住在一起，還喊她一聲姐？這……這太太無法理解了……」娜塔莎的精神狀態開始不穩定。

的確，她的印象中確實跟媽媽一起生活過一段時間，但那段時間貌似都沒有姊姊的出現，就算有也覺得很不真實。

「我、我不知道我現在該怎麼辦了？」娜塔莎蹲低身子、雙手抱頭地說。

「妳完美地完成了任務，必須要回到現實世界。」瓦萊特說。

「我要怎麼面對莉狄亞……」娜塔莎把頭埋進雙臂之間，跌坐在地上不知所措。

「莉狄亞找到逃出迷霧城市的規則，很幸運的是她並沒有注意到這條規則有但書，回到現實生活之後，妳只需要告訴她妳已經知道她不是妳的親姊姊，這樣她的法力就會消失，不得不回到迷霧城市。」費爾斯蹲在娜塔莎旁邊說。

「她回到城市之後會怎麼樣嗎？」娜塔莎問。

「我會讓她接受城市的制裁，那是她背叛我的下場。」費爾斯的語氣冰冷，沒有任何寬恕。

「我不知道我是不是該接受這個真相……我覺得我接受不了……」

「那是因為妳現在的記憶還沒有完全恢復，等妳搭上迷霧火車之後，就會開始慢慢回想起以前了。」瓦萊特說。

「妳可以自己選擇，要揭穿她、或是繼續讓她留在那邊的世界，只是我要告訴妳：什麼都不做也是一種選擇，不要讓未來的妳怨恨為什麼當初沒有做好選擇。」費爾斯說。

「我相信妳一定會顧念她照顧妳這段期間的舊情，但她傷害了費爾斯並奪取城市首席才有的隱形項鍊，甚至是陷害妳父母並讓他們喪失生命的人。真相往往殘酷，但做出選擇卻比知道真相更需要勇氣。」瓦萊特說。

「難道我不能留在這裡嗎？我沒有信心見到她……」垂下眼眸，娜塔莎整張臉都垮下來了。

「迷霧城市要妳離開有一定的理由在，它知道妳會做出最好的選擇。」費爾斯把娜塔莎拉起來說。

「我在未來還能再見到你嗎？」如同沒有方向的船隻，娜塔莎的心飄搖不定。

「如果城市需要妳，就一定會再帶妳回來。」費爾斯露出招牌笑容，拍拍娜塔莎的頭說。

接著娜塔莎被帶到迷霧車站，距離車站發車還有十分鐘。

「我真的不能留下來嗎？我在這裡得到的震憾太多了……」一到車站，娜塔莎立刻又問了一次。

「雖然妳來到迷霧城市彷彿昨日，但實則已經過了將近一個月，不是我們要強迫妳回去，而是妳留下來只會變成養分，迷霧城市再也沒有妳的位置。」瓦萊特站在車站前面對娜塔莎說。

「我跟莉狄亞有私仇要解，但畢竟是我們的恩怨，與妳無關，妳與莉狄亞的糾葛在妳回到現實生活後好好的去面對與解決吧！也許現在與妳的離別是目前最好的結局。」費爾斯說。

「我還是覺得好混亂，我不知道該怎麼辦……」娜塔莎拉住費爾斯的衣角說。

「我永遠都在，只要妳沒有忘記我。」費爾斯給娜塔莎一個擁抱，並送給她一個紅寶石的戒指。

「這是？」娜塔莎問。

「雖然我離不開迷霧城市，但這顆紅寶石會幫助妳更有勇氣去面對接下來的人生，它還能幫助妳實現一個正常的心願。」費爾斯說。

第十五章：回程

「這個水晶能幫助妳安定心神，回去的九個小時車程能夠讓妳慢慢整理這段時間發生的所有事。」瓦萊特拿出一顆黃色的水晶送給娜塔莎。

接著汽笛聲響，費爾斯拿下帽子目送娜塔莎離開，深深的一鞠躬，滿滿的神祕感一如往常。

娜塔莎嘆了口氣，縱使腦海還是很複雜、心情還是無法平復，但她手裡緊握著紅寶石戒指與黃水晶，至少也感受到一絲絲的安定感。

迷霧城市的搖籃傳說任務已經完美的解決了，接下來她要面對的就是自己的任務了。

♟

「嗚──嗚──」第二次響起汽笛聲，火車出發了。

「你覺得她會怎麼做？」瓦萊特問。

「不管她怎麼做，那是她的人生，在我看見她跟品禎和品璇擁抱的那瞬間，我突然覺得不能利用她來報仇，她就算選擇讓莉狄亞繼續留在那邊的世界，也是莉狄亞好運。」費爾斯說。

「那你還告訴她真相？」

「是她自己選擇要聽真相的。」

「別傻了！我只擔心她回去沒辦法應付莉狄亞。」

「所以我剛剛送她紅寶石戒指啊！那裡面可是住著很重要的人呢！」費爾斯笑笑地說。

「難道……」瓦萊特傻眼的看著眼前的好友。

「嗯，她母親的靈魂。」費爾斯說：「四風守護令牌說過：『靈魂還在遊魂之地尚未得到解放，當重要之人恢復意識並重新取得力量之後，就可以解散囚禁已久的靈魂。』」

「原來娜塔莎是那個重要之人啊！」瓦萊特似笑非笑的說。

「誰讓她這麼幸運，父母都貢獻給城市當養分了。接下來能不能救出自己的母親，就是她自己在現實世界要去破解的任務了。」費爾斯看著漸漸開遠的火車，露出招牌微笑。

金牙在陽光的照射下依然如昔、閃閃發光。

「欸！你的金牙閃到我了啦！」

END

※為保障您的權益，每一項資料請務必確實填寫，謝謝！

姓名		性別	□男　□女
生日	年　月　日	年齡	
住宅地址	郵遞區號□□□		
行動電話		E-mail	

學歷

□國小　□國中　□高中、高職　□專科、大學以上　□其他＿＿＿＿

職業

□學生　□軍　□公　□教　□工　□商　□金融業
□資訊業　□服務業　□傳播業　□出版業　□自由業　□其他＿＿＿＿

謝謝您購買＿**迷霧城市之搖籃傳說**＿與我們一起分享讀完本書後的心得。務必留下您的基本資料及電子信箱，使用我們準備的免郵回函寄回，我們每月將抽出一百名回函讀者，寄出精美禮物以及享有生日當月購書優惠！想知道更多更即時的消息，歡迎加入"永續圖書粉絲團"

您也可以使用以下傳真電話或是掃描圖檔寄回本公司電子信箱，謝謝！

傳真電話：（02）8647-3660　電子信箱：yungjiuh@ms45.hinet.net

●請針對下列各項目為本書打分數，由高至低5～1分。

	5	4	3	2	1		5	4	3	2	1
1.內容題材	□	□	□	□	□	2.編排設計	□	□	□	□	□
3.封面設計	□	□	□	□	□	4.文字品質	□	□	□	□	□
5.圖片品質	□	□	□	□	□	6.裝訂印刷	□	□	□	□	□

●您購買此書的地點及店名＿＿＿＿＿＿＿＿

●您為何會購買本書？

□被文案吸引　□喜歡封面設計　□親友推薦　□喜歡作者
□網站介紹　□其他＿＿＿＿＿＿＿＿

●您認為什麼因素會影響您購買書籍的慾望？

□價格，並且合理定價是＿＿＿＿　□內容文字有足夠吸引力
□作者的知名度　□是否為暢銷書籍　□封面設計、插、漫畫

●請寫下您對編輯部的期望及建議：

2 2 1 - 0 3

新北市汐止區大同路三段194號9樓之1

傳真電話：（02）8647-3660
E-mail：yungjiuh@ms45.hinet.net

廣 告 回 信
基隆郵局登記證
基隆廣字第200132號

培育

文化事業有限公司

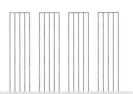

讀者專用回函

迷霧城市之搖籃傳說

培養文化育智心靈的好選擇